KB121140

이것이 삶이다

이것이 법이다 3

2015년 10월 2일 초판 1쇄 인쇄
2015년 10월 7일 초판 1쇄 발행

지은이 자카예프
발행인 이종주

기획 팀 이주현 이기헌
책임 편집 최전경

발행처 (주)로크미디어
출판등록 2003년 3월 24일
주소 서울시 용산구 원효로97길 46 5층
Tel (02)3273-5135 **Fax** (02)3273-5134
홈페이지 rokmedia.com **E-mail** rokmedia@empas.com

ⓒ 자카예프, 2015

값 8,000원

ISBN 979-11-255-9578-6 (3권)
ISBN 979-11-255-9575-5 04810 (세트)

이것이 법이다

3

자카예프 장편소설

로크미디어

CONTENTS

아래부터 썩었다

"너무한 거 아냐?"

노형진은 사건을 정리하고 난 후 입맛을 다셨다. 지난번 사건 이후 그는 찍혔다. 그것도 제대로 찍혔다. 국방부에서 따로 불러서 적당히 보호하라고 했음에도 불구하고 현직 대령을, 그것도 현 경기도 지사의 동생의 모가지를 쳐 버렸기 때문이다.

"덕분에 일은 편하잖습니까?"

"이게 일입니까? 잡무지."

노형진은 마지막 서류를 정리하면서 피식 웃었다. 그 사건 이후 그에게 떨어지는 것은 병사들 간의 하극상이나 폭행 정도일 뿐, 장교와 관련된 사건은 전혀 떨어지지 않고 있었다.

'하긴, 나 같아도 그렇겠다.'

군대는 연좌제다. 가령 소위가 잘못해서 처벌받으면 그 위에 있는 대령은 인사고과를 받는다. 당연히 대령은 사건을 덮으려고 한다.

'이게 문제인데.'

군대가 썩어 가는 가장 큰 이유가 이것이다. 그러다 보니 문제가 되거나 커질 만한 사건은 형진에게 배당하지 않아 그에게 오는 것은 오로지 병사들간의 사소한 다툼뿐이었다.

"이렇게 군 생활이 편하면 좋겠습니다."

"장기 안 하실 겁니까?"

"하고 싶은 생각이 없습니다."

'하긴.'

그나마 장교에 대한 대우는 장군이 되는 여성 장교가 나오는 등 많이 나아졌다고 하지만 여군 하사관에 대한 대우는 여전히 극악했다. 어차피 올라가 봐야 준위다. 그런데 문제는 상사나 준위 같은 존재가 일반적인 서류 작업을 하는 사람들이 아니라 전쟁터에서 직접 뛰면서 병사들과 어울리고 보급을 관리하는 사람들이라는 것이다. 전투 부대에 여군 배치를 극도로 꺼리는 한국의 특성상, 똑같이 승진 심사에 들어가도 그걸 달기는 하늘의 별 따기다.

"그럼 제대가 얼마 남지 않았겠습니다?"

"이제 여섯 달 남았습니다."

"부럽습니다."

노형진은 진심으로 부럽다는 생각을 했다. 자신은 아직도 2년 6개월이나 남았는데 말이다. 윤보미 중사는 피식 웃었다.

"덕분에 말년에 편합니다."

"하하하."

원래 말년에 편한 게 모든 군인들의 꿈이다. 그런데 덕분에 사건이라고 할 만한 것도 아닌 것만 들어오니 어렵지 않게 처리할 수 있었다.

"뭐, 적당히 봐줘야지요."

아무리 노형진이라 해도 들어오는 모든 사건의 가해자에 대해 끝까지 처벌할 것을 요구하지는 않는다. 어차피 하극상의 이유가 상관에게 있는 경우라면 처벌을 강하게 하지 않는 탓이다. 군대에서 상명하복이 기본이라고 하지만 잘못된 명령에 복종하는 것은 구시대의 산물이라 생각하는 것이다.

'나 같아도 그렇겠다.'라는 동병상련이랄까? 막말로 전쟁이 터졌는데 지휘하는 놈이 지독하게 무능하면 누가 따르고 싶겠는가?

"오 하사, 아니 오윤미 씨는 어떻답니까?"

"작은 가게를 냈답니다."

윤보미 중사는 여전히 첫 사건의 원고와 연락하고 지낸다. 오 하사, 아니 오윤미의 예상대로 그녀가 부대에 복귀하자마자 왕따가 시작됐다. 그러나 오 하사는 노형진의 조언대로 제대가 얼마 남지 않은 병장들과 왕고들과 친하게 지냈고, 반강제로 잘린 후에 시작된 재판에 그들이 우르르 몰려와서 증언해 준 덕분에 그녀를 왕따시켰던 장교들은 무려 4천만 원이나 물어줘야 했다.

"뭐, 잘 사면 좋겠습니다."

"잘 살 겁니다. 똑 부러지는 사람이니까요."

"그렇겠지요."

흐리멍덩한 여자가 여군을 지원할 리가 없으며 또 상관을 고발할 리도 없다. 그러니 그녀는 잘 살 것이다.

"일단 일이 모두 끝난 것 같으니 정리나 합시다."

노형진은 미소를 지었다. 이제 이대로 남은 시간이 지나기만 하면 소원이 없을 것 같았다.

⚖

"단순 하극상이라……."

노형진은 사건 기록을 살피고 있었다. 자신에게 배당되는 사건은 중요도가 낮은 사건들이다. 국방부에게 그렇게 주기 때문이다.

"흠."

"왜 그러십니까?"

"아니, 사건 기록이 이상해서 말입니다."

노형진은 고개를 갸웃했다. 기록만 보면 단순한 하극상이라 볼 수 있다. 그러나 뭔가 이상했다.

'뭐지, 이 찜찜함은?'

기록에 따르면 상병 한 명이 병장 세 명을 구타했단다. 그런데 다른 곳도 아닌 해병대에서 한 명이 세 명을 구타할 때까지 알려지지 않았다는 것도 이해가 가지 않았고, 또 아무리 상병이 안하무인이라고 해도 세 명이나 구타한다는 것도 이해할 수 없었다.

"이거 좀 이상합니다."

"단순 폭행 아닙니까?"

"단순 폭행이라고 하기는 좀……."

뭔가 감추는 게 있다는 사실을 형진은 직감적으로 느낄 수 있었다. 보고서대로라면 세 명이 순차적으로 구타당했다는 건데.

'그럼 아예 보고서도 제대로 올라오지 않았다는 소리잖아?'

상병이 병장을 폭행하는 것은 상당히 중요한 사건이다. 그러나 그렇다고 해서 무조건 상병만 나쁘다고 하기에는 수상쩍은 느낌이 가득했다.

"이거 좀 파고들어 봅시다."

"검찰관님……."

윤보미 중사는 고개를 흔들었다. 지난번에도 이렇게 파고들었다가 피바람이 불어서 모가지가 날아간 장군이 한두 명이 아니었다. 그런데 또 한다니?

"또 피바람이 불 수도 있습니다."

"알아요."

알기 때문에 하는 것이다. 잘못된 것은 잘못된 거라 말할 수 있길 원하기 때문이다.

"차 좀 준비해 주십시오."

"알겠습니다."

노형진은 자리에서 일어났고 윤보미는 걱정 반 기대 반의 심정으로 그를 바라보았다.

⚖

군 영창에서도 면회는 가능하다. 물론 노형진은 담당 검찰관이었기 때문에 따로 면회를 신청하지 않아도 된다.

'내가 불러 봐야······.'

하지만 직접 내려갔다. 자신이 부르는 순간 온갖 방법으로 입을 다물게 한다는 것을 어렵지 않게 알 수 있었기 때문이다.

"한서웅 상병?"

"상병 한서웅."

단단해 보이는 사람이었다. 덩치도 커서 똑같은 해병대원이라 할지라도 상대하기가 힘들어 보일 정도였다.

"운동을 따로 했나 봅니다."

"그렇습니다."

"뭐 했습니까?"

"격투기를 좀 했습니다."

'그러니 병장이라는 작자들이 그렇게 처맞지.'

어쩐지 싶었다.

"격투기 같은 전투 기술을 배운 사람이 폭행하면 가중처벌받는 거 알고 있습니까?"

"알고 있습니다."

"그런데 왜 했습니까?"

"……."

대답하지 않는 그를 보면서 노형진은 역시 뭔가 있음을 느꼈다.

'해병이라 이건가?'

이유는 간단하다. 그의 눈에는 폭행은 했을지언정 죄책감이라고는 느껴지지 않았던 것이다. 그렇다면 둘 중 하나다. 그가 미친놈이든가, 아니면 합당한 사유가 있든가.

"기록을 보니 병장 세 명을 연달아 폭행했던데 그 이유가 뭡니까?"

"말씀드릴 수 없습니다."

"자기가 때려 놓고 말을 못 해 줘요?"

"죄송합니다."

"그런다고 내가 못 알아낼 것 같습니까?"

"죄송합니다."

이유가 있는 것 같긴 한데 절대 말하려고 하지 않는 그를 보면서 형진은 고개를 흔들었다.

'내가 긴급한 상황이 아니라면 가능한 한 안 쓰려고 하는데.'

남의 기억을 읽는다는 것은 상당히 무례한 일이기에 그는 가능한 한 그 힘 없이 하려고 한다. 하지만 보아하니 이 인간은 실형을 받는 한이 있어도 이유를 말해 줄 것 같지 않았다.

"헌병, 여기 접견 끝났습니다."

"죄송합니다."

다시 한 번 사과하고 영창 안으로 들어가는 한서웅. 노형진은 그가 들어간 문을 바라보다가 그가 앉아 있던 의자로 향했다.

'한 번이라도 생각을 했다면.'

단순히 화가 나서, 또는 이유도 없이 폭행한 거라면 모르겠지만 심각한 문제가 있다면 그건 자신이 알아봐야 하는 것이다. 그리고 자신이 질문했을 때 그 이유를 생각했다면 그곳에 대한 기억이 남았을 것이다.

"후우."

노형진은 의자에 대고 정신을 집중했다. 수많은 사람들이 지나간 자리인 만큼 수많은 기억들을 읽을 수 있었다. 하지만 그중에서 가장 가까운 기억을 찾는 것은 어렵지 않았다. 그 전에는 사방팔방으로 숫자가 날아다녔지만 익숙해지면서 시간 순으로 정렬하는 방법을 알아냈기 때문이다.

'이건가?'

가장 가까이에 있는 시간을 누르는 노형진. 그리고 그 안에서 느껴지는 강력한 기운들. 분노와 포기 그리고 자존심 등등.

"허?"

노형진은 그 기억을 읽어 내고 자신도 모르게 헛웃음을 흘렸다.

"이거, 이거……."

확실히 그가 폭행한 것이 잘못되긴 했지만 그 또한 그럴 수밖에 없었던 것이다.

"이런 일이 벌어지고 있었단 말이야?"

노형진은 왠지 짜증이 밀려오는 것을 느꼈다.

⚖️

"상납계라는 게 뭡니까?"

낯선 단어에 윤보미 중사는 고개를 갸웃했다.

"쉽게 말해서 병사들이 돈을 모아서 성 상납을 하는 계라고 하더군요."

순간 멍하니 노형진을 바라보는 그녀.

"성 상납이라고 하셨습니까?"

"그렇습니다."

한서웅이 분노해서 병장을 폭행한 데에는 이유가 있었다. 상납계, 그러니까 병장들이 주도적으로 병사들에게서 금품을 갈취하여 장교들에게 성 상납을 하고 있었던 것이다.

보통 1개 중대의 인원은 이백 명 선. 1개 대대면 육백 명이다. 한 사람당 만 원씩만 걷어도 600만 원이다. 그렇게 모은 돈으로 한 달에 두 번 하사관과 소대장과 중대장, 심지어 대대장에게까지 성 상납을 했다. 만일 돈을 내지 않는 병사가 있으면 구타와 기합뿐만 아니라 공식적으로 국방부에서 금지시킨 기수열외까지 시켰다.

기수열외란 해병대 내에서 극단적으로 왕따시키는 행동인데 그 피해가 심해서 금지되었다.

"도대체 왜 보고하지 않았답니까?"

"방법이 없지요."

소대장부터 중대장, 심지어 대대장까지 성 상납을 받는데 누구한테 보고하란 말인가? 볼 수도 없는 연대장? 오지도 않는 헌병대?

"그동안은 참다가 이번에 터진 모양입니다."

"왜요?"

"그거야 병장이 늘었거든요."

"병장이?"

"네, 아무래도 군대라는 조직이 일정하게 인력 수급이 되는 게 아니니까요."

군대에서는 매달 정해진 수만큼 병사가 들어가거나 나가는 게 아니다. 도리어 한꺼번에 들어갔다가 한꺼번에 나가는 경우가 많다. 문제는 이 접대라는 게 상관뿐만 아니라 그것을 핑계로 병장들까지 함께 나가서 놀다 온다는 것이다. 상황이 이렇다 보니 돈은 그대로인데 사람이 늘면서 돈이 부족해져, 결국 병장들이 내야 하는 돈을 2만 원으로 늘려 버린 것이다.

"가뜩이나 코딱지만 한 돈을."

이에 일병 하나가 납부하는 것을 거부했는데 아니나 다를까, 구타와 폭행. 기수열외 등 모든 방법이 동원되었다. 그러자 그동안 참고 있던 한서웅의 분노가 터진 것이다.

"알아내느라고 고생 좀 했습니다."

이 멍청한 한서웅이 그러고도 말하지 않은 이유는 해병대라는 긍지를 가지고 있기 때문이다. 해병대라는 이름에 누가 될 바에는 차라리 자신이 실형을 받겠다는 멍청한 생각을 하고 있었던 것이다.

'아니, 그런다고 누가 알아준대?'

잘못된 걸 고치는 게 정상적인 행동인 거지, 그걸 감추는 건 정상적인 행동이 아니다.

"일단은 폭행이 맞기 때문에 처벌은 면할 수 없겠지만. 부대 쪽도 그냥 둘 수는 없습니다."

"하지만⋯⋯."

대대장까지 성 상납을 받았다면 그건 상당히 큰일이다. 한두 명도 아니고 전 부대가 이렇게 타락하고 썩었다는 게 드러나면 국방부에서는 부대 해체라는 극단적인 방법을 쓸 수밖에 없기 때문이다. 그리고 그건 상당히 큰일이기도 했다.

"그런 식으로 봐주면 누구를 처벌합니까?"

노형진은 그냥 넘어갈 생각 따위 없었다.

"하지만 그걸 인정할 방법이 없지 않습니까?"

성 상납을 했다는 걸 알았다고 치더라도 누가 인정하겠는가? 이런 건 제대한 사람들에게 물어볼 수도 없다. 그들 역시 피해자인 동시에 가해자일 테니 말이다.

"증거를 찾아야지요."

노형진은 그냥 물러날 생각이 없었다.

⚖

"필승."

부대 안으로 들어가자 병사들에게서 적대적인 시선이 느껴진다. 하긴, 지난번 사건 이후에 한서웅이 외부에 터트린 건 아닌지 경계하고 있을 게 뻔했으니까.

'그나저나 증거가 문제군.'

노형진은 심각한 표정이 되었다. 증거가 필요하다. 그래서 그걸 찾기 위해서 여기까지 온 것이다.

'누군가에게 기록이 있을 거야.'

한두 명도 아니고 육백 명이나 되는 부대다. 알아서 돈을 모아 오라고 할 수 있는 구조가 아니다. 그렇다면 누군가 체계적으로 돈을 관리할 수밖에 없다.

'그리고 횡령할 수도 있겠지.'

한 달에 600만 원. 적은 돈이 아니다. 성 상납을 한다 해도 못해도 몇백은 남는 돈이다. 그러니 그걸 중간에 착복하는 자가 있을 가능성이 높다.

"한서웅 상병 사건 조사차 왔습니다. 피해 병장들은 어디 있습니까?"

"어이구, 검찰관님, 부르셨으면 애들을 데리고 갔을 텐데요."

이상하게 과도하게 고개를 숙이는 중사를 보면서 형진은 쓴웃음을 지었다.

"제대로 하려면 현장에 한번 와야 하니까요. 그 세 명을 좀 볼 수 있을까요?"

"네? 지금 말입니까?"

"그렇습니다."

"지금은…… 근무시간이라…….."

"저도 근무 중입니다. 당장 데리고 오세요."

"네."

결국 중사는 뭐 씹은 표정으로 그들을 데리러 갔고, 얼마

지나지 않아서 그들이 왔다. 그들을 본 노형진은 비웃음이 나왔다.

'뭐? 근무? 개판이구만.'

당장 서 있어도 땀이 삐질삐질 나는 한여름이다. 근무라고 한다면 경계 근무일 텐데, 한여름에 경계 근무를 나갔다는 인간들이 땀이라고는 한 방울도 흘리지 않고 있었다.

'상납했다 이거지.'

뻔했다. 병장들이 주도로 상납하고 편의를 보장받았을 것이다. 그냥 우러나는 마음에 상납했을 리가 없다.

"그래서 한서웅 상병의 평소 근무 태도는 어떻습니까?"

"그다지 좋지 않았습니다. 부대원들과 협동도 하지 않고 자기 잘난 맛에 살려고만 하고."

"맞습니다. 좀 싸가지가 없는 놈이었죠."

"제 후임이지만 진짜 대책 없는 꼴통 새끼입니다."

마구 한서웅을 욕하는 세 사람. 그럼에도 불구하고 노형진의 눈치를 보고 있었다.

'한서웅이 말했을까 봐 걱정하고 있구나.'

한서웅이 말했다면 일이 커진다. 전 대대원이 범죄에 연루되는 최악의 사태가 벌어질 수 있기 때문이다. 단순한 묵살 같은 게 아니라 범죄 자체의 종범이 되는 것이다.

"그렇군요. 그런데 한서웅 상병은 이야기가 다르던데?"

"네?"

"뭐라고 그랬는데요?"

순간 당황해서 반문하는 세 사람. 그들은 아차 싶었는지 재빨리 시선을 돌렸다.

"도둑놈이 '도둑질했습니다.'라고 하는 경우, 보셨습니까?"

"못 봤습니다."

확실히 못 봤다. 그리고 이들에게서도 마찬가지고 말이다.

"그가 재미있는 소리를 하더군요. 자기는 억울하다고 말입니다. 부대 내 기수열외 행위가 있어서 그에 항의한 것뿐이라고 말입니다."

"크흠."

"뭐…… 기수열외는 아닙니다."

그 세 명의 눈에 확실한 안도감이 서리기 시작했다. 하긴, 그들은 지금 상납 문제가 터질까 봐 조마조마했을 뿐일 테니까.

"기수열외는 국방부에서 금지한 사항입니다. 어찌 되었건 고발이 들어왔으니 조사를 좀 해야겠군요."

"그건 다른 사건 아닌가요?"

"관련 사건입니다. 아니면 다른 사건으로 정식 고발을 할까요? 그러면 좋을 리가 없을 텐데요?"

"크흠."

만일 다른 사건으로 정식 고발하면 이들도 처벌받게 된다. 하지만 한서웅 사건으로 넣게 되면 감안할 만한 사안은 될지 몰라도 정식으로 처벌받지 않을 가능성이 높다.

"아닙니다."

"그래서 한서웅 상병이 쓰던 생활관이 어디입니까?"

"안내해 드리겠습니다."

이리저리 돌아다니면서 노형진은 막사를 살폈다. 대부분의 대대원들이 그를 향한 적대적인 시선을 감추지 않았다. 물론 검찰관과 얽혀서 좋은 꼴은 못 보는 것이 보통이라곤 하지만 이건 상상 이상이었다.

'그렇단 말이지.'

대대원들 자체가 지금 상납 사건이 드러날까 봐 두려워하는 것이다.

'그럼…… 증거를 찾아야 하는데.'

문제는 그 상납 장부를 과연 누가 가지고 있느냐는 것이다.

'병사들? 아니야……. 하위 계급은 의미가 없고 병장은…… 가지고 나가서 폭탄처럼 던져 버릴 수 있으니 그럴 수도 없을 테고……. 남은 건…… 장교나 하사관들인데…….'

가능성은 높다. 일단 그들은 부대 바깥으로 나가지 않으니 폭탄을 던질 가능성이 낮다. 더군다나 자신들이 접대받는 입장이니 더더욱.

'증언은 소용없을 테고.'

이들이 뭉쳐서 증언을 거부하면 의미가 없다. 안 그래도 해병대는 명예라는 것에 목을 매고 세뇌에 가까운 교육을 시키는 곳이다. 당장 한서웅 상병만 해도 폭행해서 실형을 살지언정 고발하려 하진 않는다.

'그렇다면 증거다.'

노형진은 돌아다니면서 증거를 관리할 만한 사람을 찾기 시작했다.

"뭘 생각하십니까?"

"아닙니다."

그런 그의 시선에 경계심을 느낀 건지 다가오는 한 남자. 노형진은 그걸 보고 쾌재를 불렀다.

'이 새끼, 바보 아냐?'

보통 사람들은 자신과 관련된 사건일수록 가까이에서 상황을 확인하고 싶어 한다. 그런데 이 하사관은 노형진이 뭔가를 찾는 듯하자 도둑이 제 발 저리는 마음에 다가온 것이다.

"이상하군요?"

"네?"

"한서웅 상병의 말에 따르면 이만한 크기의 노트가 있을 것이라고 했는데 말이지요. 관물대를 아무리 찾아봐도 없습니다."

"노…… 노트라구요?"

"네."

"그런 게 있을 리가요."

"노트가 불법 무기나 이적 서적도 아닌데, 있는 게 이상합니까?"

"크험…… 아닙니다."

사색이 된 하사관은 고개를 돌려서 부랴부랴 막사를 빠져
나갔다.

'저놈이군.'

노형진은 단박에 눈치챌 수 있었다. 다가오는 폼하며 노트
라는 말에 기겁하는 걸 보니 그가 뭔가를 알고 있을 가능성
이 높았다.

'그렇겠지.'

사실 당연하다면 당연한 거다. 이 군대 내에서 그걸 워드
로 쳐서 보관할 수는 없는 노릇인 데다 노트의 크기라는 건
뻔하다. 더군다나 노형진이 손가락으로 그린 노트의 크기는
애매해서 어떤 노트든 될 수 있다. 최소한 육백 명을 관리하
는 게 수첩은 아닐 테니 말이다. 그런데 도둑이 제 발 저린다
고, 저 하사관은 그걸 보고 깜짝 놀란 것이다.

"저 사람은 누구입니까?"

"이윤택 하사입니다."

"온 지 오래되었나요?"

"여섯 달쯤 되었습니다."

"햇병아리군요."

"네."

보아하니 가장 낮은 하사가 관리하는 모양이다. 하긴, 남
자로 태어나서 접대의 기회가 있는데 그걸 거부하기는 쉽지
않을 테니 말이다.

이것이 법이다

"뭐, 더 찾으실 거 있습니까?"

"아닙니다. 없습니다."

애초에 관물대에 노트가 없다는 것은 알고 있었다. 그럼에도 불구하고 관물대를 뒤진 것은 이윤택 하사 같은 인간이 걸리기를 원해서였다.

"오늘은 이쯤하는 게 좋겠군요."

노형진은 미소를 지었다.

⚖

"어쩝니까?"

"한서웅 이 새끼, 언제 빼돌린 거야?"

"모르겠습니다."

"장부 수량은 확인해 봤어?"

대대장은 입술이 바짝바짝 타는 것을 느꼈다.

"그게 아직……."

"지금까지 뭐 하고 있었던 거야, 이 새끼야! 여섯 달이나 지났으면 알아서 해야 할 거 아냐!"

"죄송합니다."

장부의 수는 한두 개가 아니다. 막말로 나가고 들어가는 숫자도 많은 데다가 사람의 수도 육백 명이다 보니 체계적으로 관리해야 했기에 한 소대별로 쓰고 있었다. 그리고 기존

에 있던 것도 있으니 한두 개쯤 슬쩍했다면 매일같이 세어
보지 않는 이상, 확인이 불가능했다.

"당장 가서 확인해 봐."

"그런데 서웅이가 진짜로 이야기했을까요?"

"그럴 수도 있지. 그 새끼가 얼마나 꼴통인지 알잖아?"

의협심이 어쩌고 하는 놈이다. 그러다 보니 이렇게 일을
크게 키운 것이다.

"하지만 그 녀석은 자부심이 강해서 말하지 않을 것 같던데."

"지랄. 당장 감방이 코앞에 있는데 누굴 믿어?"

아무리 자부심이 강하다고 해도 결국은 자기 자신이 우선
이다. 한서웅이 말하지 않았을 것이라고 생각하기에는 검찰
관이라는 작자의 행동이 너무 의심스러웠다.

"일단 그 서류를 태워 버리고 당분간 조용히 있자."

접대받는 것도 좋지만 지금 터지면 상당히 큰일이 되기 때
문이다.

"아, 썅……."

대대장은 머리가 아팠다. 접대받은 것뿐만 아니라 한 달에
200만 원씩 꼬불쳤던 게 다 기록되어 있었던 것이다.

'재수 없으면.'

재수 없어서 걸리면 연금이고 나발이고 다 날아가게 생겼다.

"당장 가서 몽땅 폐기하고 애들이랑 입 맞춰. 절대로 없었
던 일이야. 알지?"

"안 그래도 그 이야기는 각 소대에 했습니다. 절대로 누설하지 말라고요."

"지랄 같군. 어딜 가나 미친 꼴통 새끼가 물을 흐린다니까."

대대장은 짜증스럽게 얼굴을 찌푸릴 수밖에 없었다.

⚖️

결과적으로 이윤택은 서류를 처리하지 못했다. 다음 날 아침에 헌병들이 자신을 데리러 왔기 때문이다. 어젯밤에 없애야 했는데 야간 근무가 끼어서 그럴 수가 없었던 데다 다음 날 바로 가서 태워 버리려는 찰나, 헌병이 그를 다짜고짜 잡아서 노형진에게 데려왔던 것이다.

"왜 왔는지 아시죠?"

노형진은 그를 보면서 미소를 지었다. 그가 관리한다는 것은 벌써 알아챘다. 그리고 사무실에 오자마자 소환장을 만들어서 그를 소환한 것이다. 자신이 왔다 갔으니 없애려고 할 게 뻔하니 말이다.

"모…… 모르겠는데요?"

"노트에 관한 겁니다. 모르지는 않으실 텐데요?"

"전…… 잘…… ."

"진짜로 잘 모르십니까?"

"네."

"그래요? 김 실장은 다른 이야기를 하던데."

그 말에 얼굴이 창백해지는 이윤택 하사.

"기…… 김 실장요?"

"아니면 아가씨라도 불러 드릴까요?"

그 말에 이윤택 하사에는 절망이 드리워졌다. 물론 노형진은 김 실장이나 아가씨가 누군지 모른다. 심지어 어느 술집에 갔는지도 모른다. 하지만 블러핑, 즉 아는 것처럼 군 것이다. 고작 하사인 그가 그 술집의 실장의 이름을 알 리가 없다고 생각했기 때문이다. 아니나 다를까.

"증인들과 이야기가 다르면 가중처벌 받는 거 아실 겁니다."

"……."

"보아하니 임관한 지 얼마 되지도 않았고 제대로 모르는 상태에서 위에서 하라고 해서 한 것 같은데, 이쯤에서 자수하면 정상참작 해 드리겠습니다. 견책 정도로 끝날 수 있게 해 드리죠."

"견책……."

견책이라고 하면 장기 하는 데에 있어서 타격이 크다. 하지만 그는 단기 하사관으로 온 것이다.

"싫으면 정식으로 처벌받으시구요. 어차피 그런 거 없어도 증인은 많으니까."

노형진은 마치 안다는 듯이 서류철을 정리하고 자리에서 일어났다.

"윤 중사님, 헌병 좀 불러 주십시오."

"네."

그 말에 이윤택이 벌떡 일어났다.

"제가 진짜로 견책으로 끝날 수 있을까요?"

"내부 고발로 하면 그렇지요."

"내부 고발……."

내부 고발하면 군 생활은 망한다. 하지만 반대로 고발하지 않아도 군 생활은 망한다. 자신에게는 어떻게 망할지 선택하는 것만이 남은 것이다.

"전자는 퇴직금 정도는 남을 겁니다. 하지만 후자는 전과가 남겠죠."

퇴직금은 얼마 안 된다. 하지만 전과는 다르다. 평생을 쫓아다니면서 취업을 방해할 것이다.

"어쩔 겁니까?"

노형진의 말에 이윤택은 고개를 푹 숙였다. 그가 선택할 수 있는 것은 하나밖에 없었다.

⚖

"뭐라고!"

국방부는 발칵 뒤집혔다. 안 그래도 지난번 사건으로 무척이나 힘든 시간을 보내고 있는 상황에서 생각지도 못한 성 상납 사건이 터진 것이다.

"일단 시간을 끌어 보라고 했습니다. 하지만 이게 언론에 나가면 큰일 납니다."

언론에 나가면 이만저만 큰일이 아니다. 전 부대원이 범죄에 연루된 이상 할 수 있는 건 단 하나, 바로 부대 해체뿐이다. 문제는 그 부대 해체라는 게 무척이나 극단적인 처벌인지라 10년 전에 한 번 일어난 게 전부다. 그나마도 내부적 폭행이 원인이었던 거지, 지금처럼 부대 내 조직적인 성 상납에 관련된 범죄가 원인인 것은 아니었다.

"이 새끼, 미친 거 아냐!"

아무리 검찰관이라고 해도 할 게 있고 못 할 게 있다. 적당히 덮어야 하는 것이 있는 법이다. 그런데 노형진은 그런 게 없었다.

"이 새끼는 뭔데?"

"당장 수사에 들어갔답니다."

"이익!"

막자니 막을 수도 없다. 인지 수사라는 범죄 사실을 인지하고 수사하는 방법도 있는데, 지금은 범죄 사실이 드러나 이 미친놈이 증거까지 확보한 상황이니 막으면 일이 커질 가능성이 높다.

"언론에서는?"

"아직은……."

"다행이기는 한데……."

군대 내에서 벌어진 조직적인 성 상납이라니.

'내가 기자라도 군침이 흐르겠다.'

그것도 장교가 아니라 병사들의 돈을 모아서 성 상납을 했으니 이만한 사건도 또 없다.

"최대한 사건을 덮으라고 해."

"알겠습니다."

부관은 그렇게 말하고 있었지만 지난번에 사건에 비교해서 그럴 것 같지는 않다는 생각에 한숨만 나왔다. 아니나 다를까.

"이건 덮을 사건이 아닙니다."

"이봐, 노 중위, 진짜로 큰일 나고 싶어?"

"무슨 큰일입니까? 어차피 진급은 포기했는데."

"……."

할 말이 없었다. 어찌 되었건 3년만 버티면 나간다. 장기할 게 아니라면 열심히 일하는 그를 막을 방법이 없다.

"더군다나 한두 명도 아니고 말입니다."

지난 4년간 해당 부대를 거쳐 간 사람이 못해도 수천 명이다. 그러니 제대로 수사에 착수하게 되면 일이 엄청나게 커질 것이다.

"이봐, 노 중위, 자네도 알다시피 군사기밀이라는 것도 있고."

"군사기밀에 해당하는 사건이 아닙니다."

"군사기밀은 위에서 정한다. 위에서 군사기밀이라고 하면 기밀인 거야!"

'지랄한다.'

군대가 바뀌지 않는 이유가 바로 이것이다. 바꿔야 하는 게 나오면 군사기밀이라는 이유로 감춰 버린다. 그러니 바뀌지 않는다. 바꿀 필요가 없는 것이다.

"그렇게 말씀하시면 할 말이 없습니다만."

"그러니까 이번 사건은 적당히 덮어. 한 서너 명만 성매매로 영창 보내고 말자고."

"하지만 대령이라는 인간이 빼돌린 돈이 너무 많아서 말입니다."

4년간 매달 200만 원씩 1년에 2,400만 원. 그동안 거의 1억에 가까운 돈을 빼돌렸다. 명백하게 병사들에게 임금으로 지급된 돈인데 말이다.

'아니, 임금도 아니지.'

사실 군 생활을 해 본 사람들은 알지만, 대부분의 경우 국가에서 지급하는 돈은 턱도 없이 부족하다. 더군다나 지금은 노형진이 회귀하기 전의 군대가 아닌지라 그 임금이 터무니없이 낮을 때다. 결국 그 돈은 부모님한테서 받아야 한다.

"그 돈은 부모님의 돈입니다. 부모님의 돈을 빼돌린 장교를 어찌 용서하란 말입니까?"

"이봐! 노 중위! 정말 이러기야?"

"전 수사하겠습니다."

"처벌받고 싶어서 그래?"

"무슨 죄목으로 말입니까? 군사기밀? 아니, 검찰관이 수사하는데 무슨 군사기밀입니까?"

"크윽."

그와 같이 법무 쪽에 일하는 입장이면서도 그의 상관은 아무런 말도 할 수가 없었다.

'무능해.'

좋은 게 좋은 거다. 끼리끼리 해 먹는 게 법조계라지만 이 군대라는 조직은 더했다. 그러다 보니 당장 말로만 '법조인이네.' 하고 다니는 거지, 대가리 속에 든 건 똥밖에 없다. 막말로 당장 그 실력으로 나가면 굶어 죽기 딱 좋다.

"제가 알아서 하겠습니다."

"노 중위! 야! 노형진!"

직속상관은 지랄 발광을 해 댔지만 실질적으로 그가 노형진을 막을 수 있는 방법은 없었다.

⚖️

"장군님, 큰일입니다."

노형진은 수사에 들어가자 대대장은 애가 바짝바짝 타기 시작했다. 그는 자신이 상납하던 장군에게 전화했지만 그는 모른 척할 뿐이었다.

"그러니 적당히 했어야지."

"도와주십시오."

"내게 무슨 힘이 있다고, 크흠."

말을 돌리는 장군을 보면서 그는 정신이 아득해지는 기분이었다. 사실 1억 넘게 빼돌린 상납금 중에는 당연히 장군에게 간 것도 있다. 그런데 그는 모른 척하고 있는 것이다.

"장군님."

"나도 돕고 싶네만…… 이게 저 새끼가 너무 꼴통이라서 말이야."

말이 통해야 뭐라도 하는데 뭘 할 수가 없을 정도로 꼴통이었다.

"어떻게 방법이 없겠습니까? 저도 다급해서 말입니다."

"내가 뭘 어쨌다고 그러나?"

장군은 짜증스럽게 말했다. 알아서 혼자서 죽을 것이지, 자신을 끼워서 가려 한다고 생각했기 때문이다. 하지만 대대장은 마음이 다급했다. 이대로는 군 생활이 끝나는 게 중요한 게 아니었다.

"저도 그럼 방법이 있습니다."

"방법이라니?"

"협상해야지요."

"협상?"

"네, 제게도 나름 카드가 있으니 말입니다."

"이 사람이 진짜!"

눈치 빠른 장군이 그걸 모를 리 없다. 대번에 그가 뭘 가지고 협상하려 하는지 알았던 것이다.

"일단 저도 살아야 하지 않겠습니까?"

어차피 장군이 안 도와주면 자신은 군복을 벗어야 한다. 아니, 군복이 중요한 게 아니라 감옥에 가야 한다. 그렇기 때문에 대대장은 아예 막나가고 있었다.

"막아 주십시오. 장군님도 제가 협상하는 걸 원치 않으시잖습니까?"

"크흠."

장군인 김선엽은 대대장의 협박에 화가 났지만 지금은 그가 무기를 쥐고 있어 어찌할 수가 없었다.

'개 같은 새끼.'

하긴, 자기 같아도 상부에 뇌물로 준 것에 대한 기록을 보관할 것이다. 그렇지 않으면 언제 배신당할지 모르기 때문이다.

"내가 한번 이야기해 보겠네."

"부탁드립니다."

"그래, 우리가 남인가?"

그렇게 말하는 김선엽이었지만 그의 머릿속에는 분노가 가득했다. 이제 그에게 대대장은 남보다도 못한 관계가 된 것이다.

"싫습니다."

"부대 해체라는 게 얼마나 큰일인지 알지 않나?"

"해체당할 만한 짓을 했으면 당해야지요."

"하지만 부대를 해체해서 다른 부대로 전출하면 아무래도 왕따 같은 게…….."

"기수열외는 국방부에서 정한 불법 사항 아닙니까?"

"그래도 적응 문제도 있고……."

"감옥에서도 적응하는데 다른 곳이라고 적응하지 못하겠습니까?"

딱 말을 자르는 노형진 때문에 김선엽은 왠지 화가 머리끝까지 나는 기분이었다.

'이 새끼가 진짜.'

문제는 노형진이 하는 말이 맞는 말이라는 것이다. 법적으로도, 상식적으로도 말이다.

"억울하면 항소하라고 하세요. 저는 못 봐줍니다."

장병들의 피 같은 돈을 자기 오입질하는 데에나 썼던 대대장을 노형진은 봐주고 싶은 생각이 없었다.

"자네, 이렇다가 크게 다쳐."

"각오하고 있습니다."

"끄응."

결국 노형진의 고집에 김선엽 소장은 할 말이 없었다.

"가 보게."

"충성."

노형진이 몸을 돌려서 바깥으로 나가자, 김선엽은 바로 눈앞에 있는 자신의 명패를 벽을 향해 집어 던졌다.

"이런 개 같은 경우를 봤나!"

자신의 말에 고개를 뻣뻣하게 들고 거부할 거라고는 생각하지 못했기 때문에 그의 분노는 하늘 끝까지 닿을 것처럼 올라가고 있었다.

"너 이 새끼, 내가 죽여 버린다."

김선엽이 이를 갈고 있을 때, 노형진은 이미 그곳을 나와서 고개를 돌리고 있었다.

"턱도 없는 소리 하고 자빠졌네."

김선엽의 요구는 간단했다. 하사관 한 명이랑 병사 몇 명이 바깥에 나가서 성매매 한 걸 가지고 뭘 이렇게 일을 크게 만드느냐는 것이다. 서로 다 아는 남자끼리 말이다.

성욕이 있다는 것은 이해한다. 하지만 자기 돈으로 가는 것과 다른 사람도 아닌 장병들의 부모님의 돈을 갈취해서 가는 것은 전혀 다른 문제다.

"그나저나 도대체 어디까지 썩어 빠진 거야?"

얼마 전 직속상관이 와서 사건을 덮으라고 한 것까지는 이해했다. 그런데 다른 사람도 아닌 소장이 자신을 불렀다. 그 말인즉슨 그 역시 이번 사태에 어느 정도 관계가 있다는 뜻이다.

"후우, 진짜 좀 조용히 넘어가면 얼마나 좋아?"

노형진은 도대체 왜 자신이 수사할 때마다 이 지랄인가 싶은 생각에 한숨만 나왔다.

"너희가 그렇게 나온다면 내게도 방법이 있지."

위에서 찍어 누른다면 반대로 아래서 치고 올라갈 방법이 있었기에 노형진의 입가에 잔인한 미소가 떠올랐다.

잡을 수 없는

"중위님, 무슨 고민 있습니까?"

"아닙니다."

윤보미 중사의 말에 노형진은 애써 미소를 지었다.

'그래, 지금은 일단 지금의 일에 집중하자.'

군사령부에서 부딪쳤던 그 인간의 일이 계속 찜찜하게 걸렸지만 현재로서는 그냥 둘 수밖에 없었다. 증거는커녕 아무것도 없으니 말이다.

'하지만⋯⋯.'

영 찜찜한 건 어쩔 수 없었다. 그동안의 훈련을 통해서 자신이 필요한 경우가 아닌 이상 대부분의 경우, 사이코메트리는 발동하지 않는다. 그럴 수밖에 없는 게, 스물네 시간 발동

한다면 노형진은 미치고 말 것이기 때문이다. 사소한 물건 하나하나까지 사람의 손이 닿지 않은 것이 없으니 말이다.

"영장은 나왔습니까?"

"그게 아직……."

"역시 그렇군요."

노형진은 한숨을 쉬면서 고개를 흔들었다. 상부에서 이번 사건에 대해 탐탁지 않게 생각하고 있는 건 알고 있었다. 그리고 그 때문에 대대장에 대해서 신청한 구속영장이 아직도 안 나오고 있다는 사실도 말이다.

"그럼 어쩔 수 없죠. 직접적으로 부딪치는 수밖에."

"어떻게 말입니까?"

"피해자들을 만나 봐야지요."

"네?"

"살을 주고 뼈를 취해 볼 생각입니다."

"살을 주고 뼈를 취한다?"

"네."

⚖

일부 해병들의 병신 같은 짓으로 '개병대'라는 오욕을 뒤집어쓰긴 했지만 대다수의 해병대원들은 여전히 전통과 명예를 중시한다. 그리고 그런 해병대원들에게 있어서 명예란 목숨과도 같은 것이다. 그렇기 때문에 그들은 제대 후에도 해병전우회라는 조직을 통해서 서로 알고 지내며 뭉치고 있다.

해병전우회의 정보력은 상상 이상이다. 가령 어느 지역에 해병이 제대하고 가게 되면 이에 대한 소식을 가장 먼저 접하는 것은 집이 아닌 해병전우회다. 그러고는 그쪽에서 강제로 가입시켜 버린다. 물론 이는 잘못된 행동이지만 반대로 어떻게 써먹느냐에 따라서 이득이 될 수도 있다.

"누구를 찾아오셨습니까?"

강원도에 있는 한 대학교의 해병전우회 사무실. 그곳에 노형진이 들이닥치자 다들 당황할 수밖에 없었다. 그럴 수밖에 없는 것이, 보통 군인이 제대하면 민간 재판이 되니 경찰이 찾아오지, 군 검찰관이 찾아오진 않기 때문이다.

"이용범 씨를 찾아왔습니다."

"용범이요?"

"네."

이용범은 작년에 제대해서 들어온 해병전우회의 새내기였다.

"무슨 실수라도 했습니까?"

"고발하기 전에 정식으로 질문드릴 게 있어서 말입니다."

"고발하기 전에?"

갑자기 등골이 오싹해지는 해병전우회 사람들이었다.

"영장 같은 거 있습니까?"

한 남자가 앞으로 나서서 말을 건넸다.

"누구신지?"

"해병대 ○○○○기 강태문이라고 합니다. 법대에 재학 중입니다."

그 말에 노형진의 얼굴에 미소가 떠올랐다.

'엄마 젖이나 더 먹고 와라, 애송아.'

척 보니 자기가 그래도 법대 출신이라고 아는 척하려고 앞으로 나선 모양이었다.

"없습니다."

"영장이 없으면 데려가실 수 없습니다."

"뭔가 잘못 아시나 본데 전 협조를 요청하러 온 겁니다. 영장이 필요 없죠."

"의무는 없습니다만?"

"그렇다면 고발을 넣는 수밖에 없습니다."

"고발이라니……."

"성매매와 가혹 행위와 업무상 횡령, 뇌물 수수 등의 혐의입니다."

생각지도 못한 죄명이 나오자 움찔 뒤로 물러나는 강태문.

"그걸 왜 군 검찰이 합니까?"

그래도 제일 기수가 높은 사람이 차분하게 물어봤다. 이곳 해병전우회의 회장이라고 자신을 소개한 사람이었다.

"군 내부에서 벌어진 사건입니다. 그런데 이용범 씨의 경우는 좀 애매하더군요."

"애매하다?"

"네, 증거를 보아하니 이분이 가해자인지 피해자인지 확실치가 않습니다. 만일 대화해 봐서 가해자라고 판단되면 정식으로 민간 검찰에 제소해야 하고, 피해자라고 판단되면 그에 해당하는 배상을 받으셔야겠지요."

"으음."

소문이 빠르다고 할까? 순식간에 몰려드는 사람들. 그리고 그중에는 이용범도 있었다.

"용범아!"

"이게 무슨 일이야?"

"너, 군대에서 무슨 일을 저질렀냐?"

"네? 아니요, 무슨 일을 저지르다니?"

어리둥절한 이용범을 본 노형진은 자신의 명함을 내밀었다.

"군 검찰관 노형진 중위입니다. 이용범 씨 되십니까?"

"네? 아, 네……."

"혹시 부대 내에서 계에 드신 적 있습니까?"

그 말에 이용범은 얼굴이 창백해지더니 자신도 모르게 부르르 떨었다.

"아…… 아뇨……."

"증거가 있습니다만?"

"전…… 그러니까……."

"전 진술받을 권한이 없기 때문에 협조를 요청하는 겁니다. 그렇게 긴장하지 않으셔도 됩니다."

"그럼 진술하지 않을 수도 있습니까?"

"네, 그렇지만 그렇게 된다면 전 수사를 위해 검찰에 정식으로 기소 요청을 하는 수밖에 없습니다. 괜찮으시겠습니까?"

그 말에 정신이 아득해지는 얼굴이 되는 이용범이었다.

"용범아, 무슨 일이냐?"

"선배님."

"이야기 좀 해 봐라."

"그…… 그게…….."

이용범은 말할 수가 없었다. 무슨 일이 벌어졌는지 어떻게 말한단 말인가? 그런데 그 순간 동아줄을 내려 준 것은 노형진이었다.

"수사 중인 기록에 대해서 말하는 것은 처벌받으실 수 있는 사항입니다. 아무래도 사람이 많군요. 조용한 곳으로 가서 대화할까요?"

"네? 아, 네, 네, 네."

이용범은 일단 선배들로 가득한 이곳에서 벗어나고 싶었다.

"나가시죠."

이용범을 데리고 간 노형진은 사람이 없는 커피숍으로 향했다. 그러고는 자리를 잡았다.

"제가 왜 왔는지 아시죠?"

"네…….."

이것이 법이다

"그럼 무슨 죄에 해당하는지도 아십니까?"

"그건 잘……."

"성매매와 가혹 행위 그리고 뇌물 수수 등에 해당됩니다."

"헉!"

단순히 군 생활 좀 편하게 해 보겠다고 계에 들어서 성 상납을 한 것뿐이다. 그런데 무려 죄목 세 개에나 해당될 줄이야.

"검찰관님, 한 번만…… 한 번만 봐주십시오. 다시는 안 그러겠습니다."

"다시 그럴 수는 없죠. 군대에 다시 가진 않을 테니까요."

"검찰관님……."

이제는 눈물을 좍좍 뽑아내는 그였다.

'알려지면 안 돼…….'

해병대는 자존심으로 먹고산다고 해도 과언이 아니다. 그런데 자신이 군 생활을 편하게 하겠다는 이유로 부대원들과 함께 돈을 모아서 성 상납을 하고 자신도 그 돈으로 성매매를 했다는 사실이 알려지면 해병대, 아니 해병전우회라는 조직에서 생매장당할 거다. 사실 전우회에 안 가면 그만이지만 해병전우회에 있는 사람들이 주변에 말하지 않을 리가 없다. 그렇게 되면 학과 내에서도 분명히 인간 이하의 취급을 받게 될 것이다. 막말로 학과 내에 남자들은 대부분 멀쩡하게 군대를 갔다 왔는데 해병대에 다녀왔다고 뻐기던 녀석이 성 상납을 통해 쉽게 하고 왔다고 하면 비웃지 않을 리가 없다. 여자들은 더할 테고 말이다. 이제 막 사귀기 시작한 여자 친구와 깨지는 건 확정적인 것이나 마찬가지.

"제발 부탁드립니다."

"안 됩니다."

"검찰관님, 흑흑흑."

단순히 군 생활 좀 편하게 해 보려던 생각이 이렇게 자신의 발목을 잡을 것이라 예상하지 못한 그는 눈물을 흘리면서 후회했지만 버스는 한참 전에 지나간 듯했다.

'이쯤이면 되려나?'

노형진은 속으로 미소를 떠올렸다. 물론 자신이 말했던 대로 해도 되긴 하지만 그럴 경우, 처벌이 그렇게 강하지도 않을 뿐더러 잔챙이들만 잡혀 들어갈 뿐이다. 군대란 그런 조직이니까. 하지만 일을 키우면 된다, 군대에서조차 무시하지 못할 만큼.

"그런데 수사하다 보니 이상한 기록이 있더군요."

"이상한 기록요?"

"보아하니 돈을 빼앗기셨던데요. 얼마나 빼앗겼습니까?"

"그거야……."

적지 않은 돈이다. 한 달에 1만 원씩 군 생활 내내 빼앗겼으니 말이다.

"이걸 보면 피해자로 볼 수도 있는데 말입니다."

"네? 그게 무슨 말씀이신지?"

"간단합니다. 돈을 빼앗긴 피해자가 될 것이냐, 아니면 돈을 빼앗은 가해자가 될 것이냐."

그 말에 이용범은 고개를 번쩍 들었다.

"그럼 피해자가 된다면?"

"뭐, 처벌하기가 그렇지 않겠습니까? 피해자인데."

그 말에 그는 노형진의 손을 잡았다.

"그럼 제가 진술하면 피해자로 써 주시는 겁니까?"

"피해자로서 진술하시면 그렇겠지요."

"하겠습니다. 어떻게 하면 됩니까?"

"아까도 말했지만 전 군 검찰관이기 때문에 진술을 강제하거나 취조할 권한이 없습니다."

"그럼?"

"정식으로 고발하셔야지요."

"고발……."

자신이 속했던 부대의 장교를 고발하라는 소리다. 그렇게 된다면…….

'벗어날 수 있다.'

막말로 군대를 다녀온 수많은 군인들 중에 군 내부의 부조리를 안 겪어 본 사람이 누가 있겠는가? 게다가 자신이 피해자라고 한다면 뭐라고 할 사람은 없다. 해병전우회 역시 의리로 뭉쳤는데 피해자를 왕따시키지는 않을 것이다.

"고발하겠습니다."

함께했던 하사관과 장교들에게는 미안하지만 자신이 먼저 살아야 했다. 그리고 이런 말이 있지 않은가? 병사들의 주적은 간부라는 말.

"같이 제대한 분들도 계시죠?"

"네."

"그분들에게도 말씀하시는 게 좋을 겁니다. 혹시라도 빠지면 가해자로 처벌받을지도 모르니까요."

그 말에 이용범은 격하게 고개를 끄덕거렸다.

⚖️

"이게 어떻게 된 거야!"

검찰에 1천 개가 넘는 고발장이 들어왔다. 제대한 사람들이 한데 뭉쳐서 자신들이 군에 있던 시절에 받았던 성 상납요구와 돈을 갈취당한 것에 대해 고발하면서 발생한 것인데, 문제는 그 대상이 한 부대의 하사관들과 장교들 모두라는 점이다. 한두 명도 아니고 천 단위의 사람들이 고발장을 넣어버리니 군대에서 아무리 덮고 싶어도 덮을 수가 없었다. 해병전우회의 정보력 덕분에 해당 부대 제대자들이 재빠르게 뭉친 것이 주효했다. 그리고 가장 날뛰는 건 해병전우회와 국내 최대의 군대에 가 있는 남자들의 부모님들의 모임인 '군인들의 어머니'였다.

해병전우회는 장교라는 작자들이 병사들의 돈을 갈취하고 그 돈으로 성 접대를 받았다는 사실에 분개하면서 공개적으로 성명을 발표하는 등 분노를 감추지 못했고, '군인들의 어머니'는 부모들의 돈을 갈취해서 성매매를 한 장군들과 장교들을 처벌해야 한다면서 연일 시위를 하고 있었다. 상황이 이렇게 되자 당연하게도 냄새를 맡은 기자들은 피라냐처럼 이빨을 드러내고 국방부로 몰려왔다.

"어떻게 된 거야?"

"그동안의 제대자들이 한꺼번에 고발을 넣었습니다."

"그게 가능해?"

"해병대라는 조직이 아무래도 다른 조직과 다르다 보니."

한 해에 절반은 제대하니 최소 1년에 삼백 명은 제대한다는 소리인데, 육백 명이 정원인 부대가 4년간 그 짓을 했다면 총 1,200명이 된다. 그중 1천 명이 넘는 사람들이 고발한 것인데, 그 이후에도 뒤늦게 고발하는 사람들도 속속 등장하고 있었다.

"이번 일을 심각한 문제로 판단한 해병전우회에서 정식으로 항의하고 해당 부대 출신 부대원들을 모으고 있어서……."

"끄응……."

그렇다면 아직 고발장을 접수하지 않은 나머지 이백 명도 고발장을 넣을 가능성이 높다.

"기자들은?"

"국방부에 장사진을 치고 있습니다. 아무래도 수습할 수 있는 사항이 아닌 듯합니다."

"젠장, 어떻게 안 거야?"

아니, 예상은 간다. 하지만 뭐라고 할 수가 없다. 노형진이 외부에서 누군가를 만났다고 하지만 그건 고작 세 명뿐이다. 그런데 그 후에 이런 일이 터진 것이다.

"어떻게 할까요?"

"어떻게 하긴! 방법이 없잖아! 대대장뿐만 아니라 소속 장교들도 다 구속시켜!"

"네? 하지만……."

"같이 죽자는 거야?"

위에서 상납받은 장군들을 보호해야 한다. 만일 대대장이 입을 나불거리면 한두 명 다치는 걸로 끝날 리가 없다.

"망할 놈 같으니라고."

분명히 그 녀석이 한 건 맞지만 법적으로 잘못된 것이 없으니 뭐라고 할 수가 없었다.

⚖️

결과적으로 사건은 하사관들과 장교들 그리고 대대장이 구속되면서 끝났다. 워낙 고발자가 많고 뉴스에도 나왔던 중요한 사건인지라 덮는다는 것 자체가 불가능했기 때문이다.

"아, 속이 다 시원하네."

"하지만 위에서는 속을 바짝바짝 태우고 있는 거 아시죠?"

"뭐, 당연한 거 아닙니까?"

그렇게 착복한 돈을 대대장이 혼자 먹었을 리는 없을 테니 당연히 위에서는 대대장이 입을 나불거릴까 봐 잔뜩 긴장하고 있을 게 틀림없다.

'대대장이 입을 열면 좋겠는데.'

노형진이 대대장의 기억을 통해 누구에게 얼마가 갔는지 정확하게 읽어 낼 수는 있었지만 그는 입을 열지 않았다. 만일 자신이 입을 열면 일이 커진다는 것을 알고 있었던 것이다.

"군대라는 조직이 이러니 바뀌지 않는 것 같습니다."

잔챙이 몇 명만 잡혀 들어가면 위쪽에는 절대 손을 댈 수가 없다. 게다가 위에서는 판사에게 압력을 행사해서 형량을 깎아 주니 말이다.

"뭐, 일단은 하나가 끝났으니 다음 걸 해야지요."

"다음 일이 있다면 말입니다."

텅 비어 버린 서류철을 가리키면서 어깨를 으쓱하는 윤보미 중사.

"끄응……."

자신이 자꾸 일을 키우자 아예 자신에게 일 자체를 배정하지 않기 시작한 것이다. 배정하더라도 절대로 위와 관련이 없을 만한 사건들만 배정하기 시작했다. 문제는 대부분의 군대 문제가 위와 관련이 없을 수가 없다는 것이다. 그 결과, 노형진에게 배정되는 사건의 수는 극단적으로 줄어들어 버렸다.

"좋아해야 하나요?"

"말년이라면 좋겠지만."

아예 자신에게 업무 자체를 배당하지 않는 걸 보니 제대로 찍히긴 한 모양이다.

"솔직히 노 중위님이 미친 짓 많이 하신 건 아시죠?"

"압니다."

위에서 하지 말라는 것만 하고 있으니 어쩔 수가 없다. 하지만 자르지도 못하니 극단적인 방식으로 대응하는 것이다.

"이참에 휴가라도 가세요."

"휴가요?"

"외출이야 자유 아닙니까?"

수사를 하는 직책이다 보니 아무래도 외출이 자유로운 것이 검찰관이다.

"하지만…… 위에서 찍혔는데……."

"어차피 일도 안 주지 않습니까?"

일이라도 줘야 뭐든 하는데 아예 업무 자체를 배당하지 않으니 별수 있나.

"저도 좀 나가 봐야겠네요."

안 그래도 집에 간 지 오래되기는 했기에 노형진은 미소를 지으면서 짐을 챙기기 시작했다.

"좋은 주말 보내십시오. 으하하하."

역시 군인에게 주말은 보물과 같은 날이었다.

⚖️

"위하여!"

노형진이 아무리 초고속으로 학교들을 끝냈다고 하더라도 아예 인맥이 없는 것은 아니었다. 대표적인 것이 학원에 다닐 때 만났던 사람들과 중학교 친구들이다.

"캬! 죽이네!"

"그렇게 말이야."

오랜만에 만나는 중학교 친구들의 모습에 노형진은 기분이 좋았다. 적대적이지 않고 사심도 없는, 오로지 친목을 목적으로 만난 사람들.

"그래, 군 생활은 할 만하냐?"

"하겠냐? 우리는 너처럼 장교가 아니란다."

"맞아, 이 녀석은 진짜 운이 좋다니까."

"운이 좋은 게 아니라 내가 좋게 만든 거지."

"하여간."

중학교 친구들 역시 형진의 소중한 친구들이다. 그리고 나이도 비슷해서 대부분 군대에 있었다.

"그나저나 검찰관인지 뭔지는 할 만하냐?"

"뭐, 그다지. 위에서 찍혔지."

"네가 했던 짓을 하면 그러고도 남지."

노형진이 학교를 발칵 뒤집어 놨던 걸 기억하는 친구들은 고개를 끄덕거렸다.

"그 성격, 어디 가겠냐."

"그렇게 말이야."

"그나저나 미영이는 어떻게 지내는지 아는 사람?"

"모르지. 연락도 없잖아."

"좀 너무하지 않냐? 형진이가 진짜 학교에서 잘릴 각오까지 하면서 싸워 줬는데 연락도 안 하고."

그 말에 노형진은 미소를 지었다. 사실 그만둘 생각을 하고 있었으니 틀린 말은 아니지만.

"내가 하지 말라고 했어."

"뭐?"

그 말에 깜짝 놀라는 사람들. 그들은 노형진이 윤미영을 목숨 걸고 도와준 건 그녀를 좋아하기 때문이라고 생각했다. 그런데 연락하지 말라고 했다니?

"설마…… 그런 이유 때문은 아니지?"

그런 인간들이 있다. 여자가 명백하게 피해자임에도 불구하고 더럽다는 식으로 말하는 인간들. 물론 노형진이 그런

썩어 빠진 부류일 리가 없다.

"아니야. 그 일은 과거로 남아야 하니까."

"과거로?"

"그래, 나를 만나든 너를 만나든 좋은 일은 아니잖아. 문제는 우리를 만나면 지금 그곳에서 새롭게 만나는 사람들이 이 일에 대해서 알게 된 가능성도 높아진다는 거지."

"아……."

"우리야 그때의 일이 어떤 일인지 알지만."

모르는 사람 중에는 분명 피해자인 미영이를 더러운 년이라 칭하며 욕하는 사람도 있을 게 분명하다. 그리고 한창 미래를 준비해야 하는 나이에 그런 소문이 나면 제대로 된 남자를 만나는 게 쉬운 일이 아니게 된다. 그러니 이런 일은 망각 속으로 사라지는 게 낫다.

"역시 노형진."

"우리 시대의 진정한 애늙은이."

"애늙은이는 무슨."

피식거리면서 웃는 노형진. 그렇게 거나하게 술이 한 바퀴 돌았을 때였다. 한 명이 거나하게 취한 목소리로 노형진에게 말을 건넸다.

"야, 제보도 받냐?"

"제보?"

"그래, 히끅. 내가 재미있는 이야기를 들었는데."

"뭔 이야기?"

"내가 기계화 부대잖아."

"그래, 나도 들었다."

"그래서 부품을 받았는데…… 히끅…… 그게 무려 98만 원짜리라더라, 히끅."

그 말에 노형진이 피식 웃었다. 기계화 부대라면 부품의 가격이 그 정도 된다. 전투 장비다 보니 워낙 고가이기 때문이다. 그런데 그다음 말이 가관이었다.

"근데 98만 원짜리라면서 뭘 줬는지 아냐?"

"뭔데?"

"USB."

"뭐?"

"USB, 그 작은 거 있잖아. 커커커…… 뭐더라?"

"컴퓨터."

"아, 컴퓨터에 꽂아서 쓰는 그거."

"그걸 98만 원을 줬다고? 특수한 거 아냐?"

"얌마, 내가 컴공과다. 그걸 모르겠냐? 근데 이건 아무리 봐도 일반용이야. 그것도 무슨 딱히 보안 프로그램이 들어 있는 것도 아니고, 히끅."

그 말에 노형진은 눈이 꿈틀거렸다.

"그게 98만 원이라고?"

"그래, 소문으로는 5천 개인가 납품받아서 전국에 있는 기계화 부대에 배당되었다는데 기가 막혀서 말이지."

"얌마, 군대에서 그런 게 한두 번이냐?"

워낙 비리가 많은 곳이 군대다 보니 말할 수가 없어서 그렇지, 그런 일이 한두 개가 아니다.

"얌마, 제보하면 잡혀가."

"아, 맞다. 설마 우리 형진이가 날 제보자라고 찌르겠냐?"

"그럴지도?"

"한 번만 봐주, 이히히."

그저 술주정으로 나온 이야기였지만 노형진은 이게 보통일이 아님을 직감적으로 느끼고 있었다.

⚖

"심각하군."

노형진은 눈앞의 물건을 보면서 혀를 끌끌 차고 있었다. 용산에서 산 16기가 외장형 메모리. 속칭 USB. 자신이 이걸 사는 데에 들어간 돈은 2만 원. 친구의 기억을 살펴본 결과, 국방색으로 되어 있는 껍질 말고는 다른 점이 없었다.

"이게 98만 원?"

친구의 말로는 이게 5천 개가 공급되었다는 건데, 그럼 49억 원어치다. 그런데 자신이 산 가격은 2만 원. 그럼 총가격은 1억이다.

'아니지. 난 소매로 산 거잖아?'

국방부에서 소매로 사지는 않았을 테니 공장에서 직접 납품받았다고 하면 개당 15,000원 정도로 잡을 수 있다. 그렇다면 총 7,500만 원 정도 된다는 뜻이다.

'도대체…… 나머지는 어디로 간 거지?'

무려 41억 5천만 원이 어디론가 사라진 것이다.

"뭘 그렇게 보십니까?"

"친구한테서 이상한 소리를 들어서요."

"이상한 소리라니요?"

노형진은 자신이 들은 이야기를 해 줬고 윤보미 중사는 씁쓸한 얼굴이 되었다.

"브로커가 끼었군요."

"브로커?"

"네, 이런 경우는 십중팔구 브로커 소행입니다."

보통 브로커가 군수품을 살 때 끼어들어서 다리를 놔 주는 건 동일한 물품일 때 자기들이 좀 더 유리하게 거래하기 위한 포석을 깔기 위함이라고 할 수 있다. 문제는 한국에서는 터무니없는 가격을 부르거나 가짜 장비를 공급한다는 점이다.

"얼마 전에도 해군 탐사정에 싸구려 탐사 장비를 공급하지 않았습니까?"

"저도 기억합니다."

최신예 탐사정을 만들었는데 어쩐 일인지 정부에서는 그

걸 운항도, 작동도 시키지 않았다. 이를 의심한 기자가 조사했는데 최신예 탐사정에 달린 탐사기가 고작 1,200만 원짜리 어군탐지기였다는 것이다. 문제는 그 탐지기의 가격으로 무려 58억이 지급되었다는 것. 그뿐만 아니라 배 자체가 워낙 부실하여 출항하면 돌아올 수 있는지조차 확실하지 않다는 것이다. 원양 함대용으로 만들어진 배인데 모든 부품이 근해용이라 내구도가 부족했기 때문이다.

"마찬가지일 겁니다."

그렇게 벌어들인 돈은 기업이 다 먹는 게 아니다. 보통은 절반 이상을, 심각한 경우에는 상당 부분을 군 수뇌부가 먹는다.

"설마……."

"해야지요."

"하지만 이건 지금까지와는 전혀 다른 사건이 될 겁니다."

노형진이 그걸 수사할 생각을 하자 윤보미 중사는 진지하게 말을 꺼냈다.

"기존에는 어쩌다 보니 수뇌부가 엮여 들어갔지만 이번에는 애초부터 수뇌부가 엮여 들어갈 수밖에 없는 사건입니다."

"그래서요?"

"위에서 좋아하지 않을 텐데요?"

"그런 걸 신경 썼다면 제가 이 짓을 하고 있겠습니까?"

"하긴, 그러네요."

노형진이 하는 일을 보면 그가 상부에 대해서는 신경조차도 쓰지 않고 당당하게 자기 할 일을 하고 있을 뿐이라는 것을 알 수 있다.

"어차피 검사 생활도 해 봐야 하니 하고 있는 건데, 기왕할 거면 완벽하게 해야지요."

"호호호."

노형진의 말에 웃는 윤보미 중사.

"안 그래도 저도 예편이 얼마 남지 않았는데 막판에 큰 건을 하게 되는군요."

"아, 그런가요?"

"장기 해 봐야 의미가 없으니까요."

확실히 여군 하사관들은 장기 해 봐야 의미가 없다. 상급 하사관들은 남자들의 세계이기 때문이다.

"그럼 마지막 선물 삼아 화려하게 일을 해 볼까요?"

형진은 서류철을 집어 들었다.

⚖️

"자네 미쳤나?"

"아닙니다."

"그런데 그런 국가 기밀을 왜 수사하는데!"

아니나 다를까, 그가 그걸 조사하겠다고 보고하자마자 위쪽은 발칵 뒤집혔다. 지금까지는 그저 뭐라고 하는 수준이었지만 이제는 아예 대놓고 개새끼 소새끼 하는 욕설까지 나오고 있었다.

"수사하는 게 우리 검찰관의 소임 아닙니까?"

"그건 군사기밀이라고!"

"군사기밀이라고 판단되지 않습니다. 모든 비리가 군사기밀은 아니잖습니까?"

"아오, 야! 이 꼴통 새끼야! 너, 지금 죽고 싶어서 환장했지?"

"아닙니다. 제가 할 일을 할 뿐입니다."

"야, 이 미친 새끼야! 네 주제를 알아!"

"알기 때문에 하는 겁니다."

자신이 할 일은 수사다. 자신의 꿈이 변호사라고 하지만 검사로서 일하는 것도 대충할 생각은 없다. 아니, 이 모든 게 나중에 자신이 변론할 때 좋은 경험이 될 것이다.

"이 미친 새끼…… 끄응."

노형진의 직속상관은 화를 버럭버럭 냈지만 노형진은 꿋꿋했다. 하지만 법리적으로도, 상식적으로도 노형진의 말이 맞았기 때문에 할 말이 없었다.

"전 이만 가 보겠습니다."

노형진이 나가고 난 후 그는 머리를 부여잡았다.

"어디서 저런 꼴통 새끼가……."

이 바닥에 있다 보면 절대 건드려서는 안 되는 것들이 있기 마련이다. 그런데 노형진은 그걸 대놓고 건드리고 있었기 때문에 위가 발칵 뒤집힌 상태였다.

그가 그렇게 머리를 부여잡고 있을 때 문이 열리면서 깔끔한 차림의 한 남자가 안으로 들어왔다.

"이 중령님, 오랜만입니다."

"아…… 오셨습니까?"

그를 보고 움찔하는 이중령.

"이야기는 잘되었나요?"

"말이 안 통합니다. 이만저만한 꼴통이 아닙니다."

"그 정도입니까?"

"이 새끼가 불독 같은 새끼라서 안 놓을 겁니다."

노형진은 한번 표적이 되면 절대로 물러나는 일이 없다. 지금까지 몇 번이나 압력을 행사했지만 단 한 번도 그 압력이 먹힌 적이 없다.

"윗분들께서 걱정이 많으십니다."

"죄송합니다. 저도 제어할 수 있는 놈이 아닌지라……."

물론 처음에 온 놈들은 정의를 외치지만 그건 초반일 뿐이다. 한번 실전을 겪고 나면 알아서 긴다. 그런데 노형진은 아니었다. 길들이려고 던진 사건부터 홀라당 뒤집어 버리는, 기고만장하고 통제가 되지 않는 놈이었다.

"제가 한번 만나 봐야겠군요."

"말이 안 통할 텐데요."

"누구나 처음은 그렇지요."

남자는 피식 웃었다. 누구나 처음은 깨끗하고 순수하다. 그러나 때가 묻기 시작하면 그런 작자들이 더 더러워진다는 걸 그는 알고 있었다.

⚖️

"노 중위님, 손님이 오셨는데요."

"손님?"

노형진은 그 말에 고개를 갸웃했다. 자신에게 손님이 오는 경우는 무척이나 드물다. 자신이 찍혔다는 사실 때문에 내부에서도 자신과 왕래를 하지 않는 데다가 누가 오든 청탁을 들어주지 않기 때문에 외부에서도 오려는 사람이 없었다.

"누군데?"

"남상진이라고 하십니다."

"모르는 사람인데? 일단 들어오시라고 해 주십시오."

제보하기 위해 온 사람일 수도 있기에 노형진은 남자의 방문을 수락했다.

잠시 후 깔끔한 복장을 한 남자가 들어왔다.

"노형진 중위님이십니까?"

"그렇습니다만?"

"남상진이라고 합니다."

"반갑습니다. 어쩐 일로 오신 건지?"

"뭐, 별거 아닙니다. 안부차."

"안부차?"

안부라는 건 아는 사람끼리 묻는 것이다. 하지만 그는 이 남상진이라는 사람을 본 적도 없다. 자신보다 나이가 많아 보이는 데다가 접점도 없었던 것이다.

"그냥 요즘 너무 일을 열심히 하신다는 이야기가 있어서요."

그 말에 노형진의 눈썹이 꿈틀했다.

"무슨 말씀이신지?"

"말씀대로입니다. 일을 너무 열심히 하시면 여러모로 힘들지 않습니까? 체력적으로도 딸리고."

"제 체력은 멀쩡합니다만."

도리어 상부에서 자신에게 다른 사건을 배당하지 않아서 이 사건에만 집중할 수 있었다.

"압니다. 하지만 미래는 준비해야 하는 것 아니겠습니까?"

슬쩍 자신의 가방을 책상 위로 올려놓는 남상진. 그는 사람 좋은 미소를 지으면서 가방을 슬쩍 노형진에게 밀었다.

"이게 뭡니까?"

"뭐가 말입니까?"

"이 가방 말입니다."

"아니, 그냥 놓을 자리가 없어서 올려 둔 건데 기분이 나쁘셨다면 내려놓도록 하지요."

능글맞은 웃음을 지으면서 가방을 내려놓는 그를 보면서 노형진은 그가 누군지 알 수 있었다.

"브로커로군요."

"제가요? 그렇게 말씀하시면 섭섭합니다. 전 그저 컨설턴트일 뿐이지요."

"왜 온 겁니까?"

자신이 잡아야 하는 궁극적인 목적이 이놈이다. 저놈을 잡아야 그 뒤에서 장난치는 놈들을 잡을 수 있다. 그런데 그 대상이 직접 자신을 찾아온 것이다.

"뭐, 헛수고하지 말라는 말씀을 전해 드리고 싶어서요."

"헛수고?"

"당신이 그렇게 발악한다고 바뀌는 건 없습니다."

"최소한 발악이라도 해 봐야 하는 거 아닙니까?"

"네, 그런데 그 발악이 의미가 없다면 그게 무슨 발악이겠습니까? 헛수고지."

아까와는 다르게 차가운 눈빛으로 노형진을 바라보는 남상진.

"윗분들은 안 좋아하십니다. 그만하셔도 됩니다. 그렇게 하시면 적당히 보상해 드리지요."

그 말에 형진은 웃음이 나왔다.

"싫다면요?"

"당신이 싫다고 해도 상관없습니다."

"난 여기서 당신을 구속할 수도 있습니다."

분명 저 가방에 돈을 채워서 왔을 것이다. 그러니 뇌물 공여의 현행범으로 체포할 수도 있다. 하지만 남상진은 미소를 지을 뿐이었다.

"해 보세요."

"뭐라고요?"

"해 보시라고요. 당신이 헌병을 부르는 동안 난 벌어질 일에 대해 이야기해 줄 테니까."

의자에 기대 노형진의 책상에 발을 올리는 남상진.

"당신이 저를 긴급체포 할 수는 있겠지요. 네, 그 가방에는 돈이 들었습니다. 3억이죠. 그래서요? 돈을 들고 다니는 건 자유입니다. 아마도 증거 불충분으로 풀려나겠지요. 아니, 그럴 필요도 없을 겁니다. 내가 감옥에 들어가는 순간 당신이 아닌 새로운 검찰관이 배당되겠지요. 그 후에 그 검찰관에게 전화 한 통이 갈 겁니다. 그리고 그 검찰관은 오해라면서 기소를 포기하고 날 풀어 줄 거구요."

그 말에 노형진은 이를 빠드득 악물었다.

맞는 말이다. 이번 사건은 자신이 찾아내서 수사했지만 자신이 저 작자를 체포하면 당사자가 되기 때문에 수사 권한이 없다. 그러니 다른 사람이 배정될 것이다.

"그 후에 바뀌는 것은 없습니다. 난 집으로 갈 테고 당신은 계속 헛고생을 하겠지요."

"그런다고 내가 물러날 것 같습니까?"

"이런, 이런, 오해하셨나 보군요. 당신을 물러나게 할 방법이 없어서 당신을 놔둔 게 아닙니다. 그저 귀찮아서 놔둔 것뿐이에요. 하지만 당신의 행동이 정도가 지나치면 그렇게 하지 못하지요."

"협박입니까?"

"협박이라니요? 어떻게 그런 말씀을 하십니까? 문화 시민이 그런 말도 안 되는 짓을 하겠습니까? 후후후."

마지막 순간까지 미소를 지으면서 노형진을 노려보는 남상진.

"그냥 조언입니다. 당신이 법을 믿고 법을 집행하는 게 옳다고 생각하니 드리는 말씀입니다."

다리를 내리더니 자리에서 일어나는 남상진. 그는 천천히 노형진의 귓가에 얼굴을 대고는 작게 중얼거렸다.

"당신이 믿는 그 법을 만드는 게 누군지 잊지 마시기 바랍니다."

잔인하리만치 완벽한 공격에 노형진은 문 바깥으로 나가는 그를 노려볼 수밖에 없었다.

⚖️

"그래서 일반적인 USB를 98만 원에 구입했단 말입니까?"

"그건 일반적인 USB가 아닙니다. 군사용으로 특수 제작되어 영하 30도, 영상 40도의 극한의 상황에서도 작동되는 물건입니다."

"극한의 상황이란 말이죠? 재판장님, 다음 증거를 제출합니다. 시중에서 구입한 총 쉰 개의 USB에 대한 실험 결과 보고서입니다. 이 보고서에 따르면 일부 중국산을 제외한 쉰 개의 실험물 중 마흔다섯 개가 피고가 주장하는 상황에서도 멀쩡하게 작동되었음이 증명되었습니다. 즉, 피고가 주장하는 극한의 상황이란 우리나라에서 판매되는 대다수의 저장 장치가 이겨 낼 수 있다는 뜻입니다."

브로커가 갔다 왔다고 물러날 노형진이 아니었다. 도리어가는 전투 본능이 깨어나 완벽하게 재판을 준비해서 피고, 즉 해당 물품의 구입 담당자를 제대로 박살 내고 있었다.

'남상진, 넌 꼭 잡아 주마.'

저 인간을 잡는다면 그 뒤에 있는 장군이라는 작자들도 잡을 수 있다.

"이상입니다."

판사는 뭐 씹은 표정이었다. 위에서 사건을 적당히 처리하라는 명령이 내려왔지만 노형진이 워낙 반박할 수 없게 완벽하게 준비하는 바람에 그렇게 할 수가 없었던 것이다.

"피고 측 변호인, 할 말 있습니까?"

"그게……."

심지어 피고 측 변호인조차 할 말이 없을 정도였다. 누가 봐도 완벽한 승리가 눈앞에 있을 때였다.

"재판장님."

문이 열리면서 장교 한 명이 재판자에게 다가가더니, 귓속말로 뭐라고 하면서 쪽지를 내밀었다. 그걸 받아 든 재판장은 고개를 끄덕거렸다.

"제 개인적인 사정으로 인해서 휴정하도록 하겠습니다. 재판의 다음 기일은 사흘 뒤입니다."

그렇게 말하고 바깥으로 나가는 재판관. 노형진은 이상한 생각이 들었지만 기일을 정하는 것은 재판관의 책임이기에 뭐라고 할 수가 없었다.

'어차피 너희들은 못 벗어나.'

이런 사건은 거래 내역이 확실하게 남아 있기에 절대로 벗어날 수 없다는 걸 아는 노형진은 이번에도 역시 승리할 거라 믿어 의심치 않았다. 하지만 그가 사무실에 도착했을 때 그를 기다리는 것은 얼굴이 새파랗게 질린 윤보미 중사였다.

"무슨 일입니까, 윤 중사님?"

"노…… 노 중위님…… 이런 게…….."

"뭐기에 그렇게 얼굴색이 질렸습니까?"

무심결에 그녀가 건네는 서류를 받아 든 노형진은 생각지도 못한 공격에 눈을 파르르 떨었다. 이건 누가 봐도 생각지도 못한 형태였던 것이다.

국방부 장관의 명령으로 작성된 명령서. 거기에는 다음과 같이 써 있었다.

"제대…… 명령서……."

노형진은 위병소를 나오면서 부대를 돌아봤다.

"충성!"

환송식도, 인사도 없는 홀로 나오는 위병소는 공허하기 그
지없었다. 제대를 축하하는 것이 아닌 패잔병을 쫓아내는 듯
한 공간.

'헐.'

그에게 떨어진 것은 1계급 특진과 더불어 제대를 명령하는
것이었다. 사유는 그동안 훌륭한 실적을 보여 줘서란다. 물
론 노형진이 여러 가지 실적을 보여 주긴 했지만 이 정도는
아니다. 도리어 유능하다면 제대를 막았을 것이다. 그런데
그에게 떨어진 것은 포상 차원에서 나온 제대 명령이었다.

"제대로 당했군."

법적으로는 아무런 하자가 없다. 상급 부대에서 제대를 명령할 수 있다. 그리고 명령이기 때문에 하급 장교인 자신은 그걸 거부할 수도 없다. 물론 자신이 진짜 잘해서 제대 명령서가 나온 게 아니다.

'당했어.'

재판의 다음 기일은 사흘 후. 하지만 제대 명령 날짜는 이틀 후. 당연하게도 자신은 재판에 참석할 수 없다. 아니, 하고 싶어도 그 이틀이 지나고 난 후에는 민간인이기 때문에 어떠한 접근도 불가능하다.

"한 방 먹었네."

법으로 자신을 지켜 온 노형진이기에 법으로 이렇게 크게 한 방 맞은 것은 처음이었다. 그가 그렇게 머리를 긁적이면서 나올 때였다.

"여, 노 중위님. 아니, 대위님이라고 하셔야 하나요?"

노형진이 문 밖으로 나오자 그를 부르는 한 사람. 그를 본 노형진은 얼굴을 찌푸렸다.

'남상진.'

자신을 바라보는 남상진의 얼굴에는 언제나처럼 미소가 가득했다.

"좋으시겠습니다, 벌써 제대하시고."

"……"

"표정이 왜 그렇습니까? 웃어야지요, 좋은 날인데."

"망할 놈."

"이런, 이런, 저한테 화내시면 안 되죠. 애초에 이기지 못한다고 경고드렸잖습니까?"

미소를 보이는 남상진이었지만 노형진이 봤을 때 그는 잔인한 악마나 다름없었다.

"여기서 뭐 하는 거지?"

상대방이 상대방이다 보니 말이 좋게 나올 수는 없는 노릇

"구경하러 왔습니다."

"구경?"

"네, 패배한 자가 힘없이 퇴장하는 것을 구경하는 것. 그게 그렇게 기분이 좋더군요."

자신에게 맞서던 사람이 패자가 되는 것. 그리고 쓸쓸하게 물러나는 것. 그게 남상진에게는 너무나 행복한 일이었다. 노형진도 어쩔 수 없는 힘에 패했으니 속이 쓰릴 거라 생각했다. 그러나.

'저 새끼가 미쳤나?'

노형진은 솔직히 그렇게까지 기분 나쁘지는 않았다. 물론 지기는 했다. 그래서? 재판을 하다 보면 숱하게 지기 마련이다. 한 번 졌다고 눈물을 흘리면서 후회할 정도의 멘탈로는 변호사를 하지 못한다.

"그래, 패배자님의 소감이 어떤가요?"

"너, 미필이지?"

"뭐?"

생각지도 못한 노형진의 말에 남상진은 순간 당황했다. 자신을 바라보면서 이를 악물고 이를 빠득빠득 갈 거라 생각했는데 뜬금없이 미필이라니?

"분명해. 너, 미필이야."

"그게 무슨……."

"그러니까 제대라는 게 뭔지를 모르는 거지? 짜식, 미필이 무슨, 훗……. 솔직히 내 심정? 생큐 베리 머치다."

"새…… 생큐?"

"그래, 덕분에 이 지긋지긋한 군 생활이 고작 1년도 안 하고 끝났잖아?"

그는 회귀 전에도 군 생활을 했다. 그때는 말 그대로 땅개처럼 박박 기었다. 안 그래도 군대라는 조직 자체가 싫어서 출근할 때마다 한숨이 나왔다. 그런데 제대라니.

'못 잡은 건 아쉽지만.'

아쉬운 건 아쉬운 거지만 그걸로 땡이다. 아쉽다고 울고불고 억지를 부리면서 남겠다고 하고 싶은 마음은 없다. 남아 달라고 울고불고 한다 해도 나갈 것이다.

"덕분에 쉽게 제대했어. 고맙네, 친구."

"이……."

남상진이 기대한 건 이런 게 아니었다. 자신을 분노에 찬 눈으로 노려보면서 이를 바득바득 가는 것. 그리고 자신이 그걸 하찮다는 시선으로 바라보는 것. 그걸 기대하고 왔다. 그런데 생큐?

"나는 자유다! 으하하하!"

심지어 웃으면서 멀어지는 노형진을 보면서 그는 알 수 없는 분노에 부르르 떨었다.

"개자식."

분명 이겼다. 아니, 이겼다고 생각했다. 지금까지 한 번도 진 적 없이 살아온 자신이고 이번 역시 지지 않았다. 그런데 온몸을 휘감고 도는 이 진한 패배감은 뭐란 말인가? 처음으로 느끼는 그 굴욕적인 감각에 그는 분노를 감출 수가 없었다.

"나는 민간인이다! 잘 있어라, 군바리들아!"

신나게 멀어지는 노형진을 보면서 그는 이를 빠드득 갈았다.

"노형진 이 개자식…… 언젠가…… 이 굴욕감을 그대로 돌려주마."

그의 눈에서 엄청난 살기가 피어올랐다.

⚖️

동창회.

노형진에게 있어서 동창회란 하나밖에 없었다. 초등학교 동창회. 중학교 동창회와 고등학교 동창회는 검정고시를 치

르느라 나와 버렸기 때문이다. 게다가 그마저도 바쁘다는 핑계로 참석하지 못했다.

"아! 이게 몇 년 만이냐?"

그렇게 몇 년 만에 동창회에 참석하게 된 노형진은 넥타이를 만지작거리면서 미소를 지었다. 아무것도 모르는 순수한 시절의 친구들. 그 친구들이 가장 기억에 남는 법이다.

"중학교 이후 처음인가?"

중학교 검정 이후 바로 학원으로 들어갔고 그 후에는 바로 사법 연수원에 갔기에 노형진은 참석할 기회가 없었다. 그래서 오랜만에 보는 친구들의 모습이 왠지 기대되었다.

끼이익!

오래된 고깃집의 삐걱거리는 문을 열고 들어가자 벌써 홀을 가득 메운 사람들. 그리고 그 홀에 넘치는 고기 냄새.

"좋구나."

부어라, 마셔라. 이제는 대부분 대학생이 되어 버린 동창생들은 신나게 술을 마시고 있었다.

"여."

노형진이 손을 들어서 인사하자 그에게 쏠리는 시선.

"누구야?"

"누구지?"

하나같이 모른다는 얼굴이다. 하긴, 그동안 출석하지 못했고 진짜 무섭게 클 시기가 지났으니 알아보지 못하는 게 당연할지도 모른다.

"나야, 나. 노형진."

"노형진?"

"형진이?"

"그래!"

자신을 알아보는 친구들의 말에 노형진의 얼굴이 밝아졌다.

'역시 친구란 이렇게 순수해야지.'

법률적인 과정에서 순수함이란 게 끼어들 일이 없기 때문에 노형진은 왠지 설레는 기분이었다.

"잘들 지냈냐!"

막 인사를 건네는 그 순간이었다. 그런데 사람들의 반응이 좀 이상했다.

"왜 그래?"

마치 신기하다는 얼굴. 또는 약간은 재미있다는 얼굴. 일부는 짜증 난다는 얼굴.

"엄친아다."

"엄친아가 왔네."

"그렇게 엄친아가 드디어 왔네."

"사람이구나."

"존재하는 사람이었어."

마치 역사적인 거물을 보는 듯한 시선에 노형진은 왠지 기분이 묘해졌다.

"엄친아?"

그게 무슨 의도인지 순간 이해가 가지 않는 노형진이었다.

물론 그 뜻 자체를 모르는 건 아니다. 엄마 친구의 아들.

'근데 내가 왜 엄친아야?'

순간 이해하지 못한 노형진.

"야! 엄친아!"

"내가 왜 엄친아야?"

"네가 엄친아지, 그럼 누가 엄친아냐?"

"아니…… 내가 뭘 어쨌다고."

"시끄러워, 엄친아야. 와서 고기나 구워 봐."

"헐?"

"엄친아가 구워 준 고기는 엄청 맛있을 거야. 그지?"

"그렇겠지. 아마 육즙이 뚝뚝 떨어지지 않을까?"

"헐?"

순간 이해하지 못하는 노형진의 얼굴이었다.

'도대체 왜?'

그는 자신을 왜 다들 엄친아라 부르는지 이해하지 못했다.

⚖️

"아직도 이해가 안 가냐?"

"솔직히 그래."

술이 한 순배 돌고 나자 노형진은 이 동창회에서 자신을 지칭하는 별명이 엄친아라는 사실을 알 수 있었다. 정작 자신은 한참 오지도 않았는데 엄친아라고 하면 자신을 뜻하는 말이라나?

"너 말이다. 무슨 짓을 했는지 모르냐?"

"나야 공부한 것밖에 더 있어?"

"그러니까 문제인 거다, 이 엄친아야."

"응? 학교를 나와 봤어야 알지."

"아니, 학교가 문제가 아니라 비교 대상이 있어 봐야 알지. 네가 우리에게 얼마나 고난의 대명사였는지 아냐?"

보통 같은 학교를 다니는 아이들의 어머니들은 정기적인 모임을 가질 정도로 친한 경우가 많다. 그러다 보니 아이들에 대한 정보가 빠르게 퍼지곤 하는데, 그런 어머니들 사이에서 노형진은 천재로 인식되고 있었던 것이다. 그러다 보니 자기 아이들에게 가장 먼저 비교 대상으로 언급하는 것이 바로 노형진이었다.

동창의 설명에 노형진은 기가 막혔다.

"공포의 단어지."

"그래, 공포의 단어지, 암."

'엄마 친구의 아들은…….'이라는 말로 시작되는 갈굼. 나중에는 아예 대놓고 '형진이'는 이라고 이름을 언급하기 시작하면서 친구들 사이에서의 그의 별명이 엄친아가 되어 버린 것이다.

"노형진이 그걸 알겠냐?"

"하긴, 이 괴물을 누구랑 비교하겠냐?"

"그러게."

"호호호."

웃어 젖히는 사람들. 노형진은 그 말에 기분이 묘해졌다.

'그렇게 되나?'

사실 이번 생 전, 즉 회귀 전에는 그 역시 다른 사람들처럼 엄마 친구의 아들이라는 소리를 많이 들었다.

'아니, 내 경우에는 엄마 친구의 딸인가?'

엄친딸. 전교 1등에, 회장 출신이고 절대음감과 풍부한 감수성을 가진 아이가 한 명 있었다. 틈만 나면 노형진의 엄마는 엄마 친구의 딸이라는 이야기를 했다.

'그런데 이제는 내가 그 신세구나.'

묘한 감정이 피식 웃음이 나오는 노형진.

'그러고 보니 여기에 있으려나?'

백 명이 넘게 모인 고깃집이니 여기 있을 수도, 없을 수도 있다. 물론 상관없는 사람이라 관심을 가진 적이 없어 나중에 어떻게 살았는지는 모른다. 가끔 소식이야 들었지만 자신과 관련이 있지는 않았으니까.

'뭐, 여기에 있겠지.'

피식피식 웃으면서 고기를 먹으며 술을 한잔하는 노형진

이었다. 중학교 시절의 추억은 그들의 술안주이자 힘이었다.

"그러니까 이 녀석이 고백을 하고."

"야!"

"내가 못 할 말했냐?"

"그 이야기 좀 그만해라. 우리 딸이 태어날 때까지 할 거냐?"

"아니, 손주가 태어날 때까지."

"아 놔, 진짜."

한구석에서 아웅다웅하는 부부를 보면서 노형진은 피식 웃었다. 중학교 때 남자가 고백했다가 차인 게 소문이 나서 알나리깔나리 놀렸던 게 어제 같은데 이제는 부부로 같이 참석하다니.

"그나저나 언제야?"

"뭐가?"

"산달."

"이제 다섯 달 남음."

"거참, 받아 준 게 용하다."

"그러니까 프러포즈를 어떻게 했느냐면……."

"야!"

"익숙해져. 이건 증손자, 증손녀를 볼 때까지 우려먹을 것이야."

"큭큭큭."

친구들의 이야기가 너무나 재미있었기에 노형진은 시간이

가는 줄 모르고 있었다.

그렇게 얼마나 지났을까?

끼이익.

오래된 문이 열리면서 한 사람이 들어왔다. 정장을 예쁘게 차려입기는 했지만 왠지 힘들어 보이는 듯한 얼굴.

'누구지?'

바깥에 전세를 놨다고 써 있으니 일반 손님이 들어올 리가 없다. 그런데 동창회의 중반을 넘어 종반에 가까워지는 이 순간에 들어오다니?

"오, 이번에는 많이 안 늦었네?"

"내봐."

"아, 쓰읍."

갑자기 킬킬거리는 친구들. 노형진은 들어온 사람을 바라보았다.

'정장에 블라우스에…… 누구더라?'

단정하게 빗어 내린 긴 생머리에, 검은색 세미 정장을 입고 있으니 캐주얼한 모습의 다른 사람들보다 훨씬 눈에 띌 수밖에 없었다.

"누구야?"

"누구냐니?"

"몰라?"

노형진은 어깨를 으쓱했다. 아무리 돌이켜 봐도 그녀에 대한 기억은 없었기 때문이다.

"손채림 아냐? 몰라? 네가 모르면 안 되지. 너의 최대 피해자인데."

"최대 피해자?"

노형진은 깜짝 놀랐다. 손채림. 얼굴은 기억나진 않지만 한 가지는 기억난다. 회귀 전 엄마 친구의 딸이라 불렸던 장본인.

"이제 온 거야?"

"매년 이래."

"매년 이런다고?"

"올해는 늦기는 했네. 뭐, 별수 없으려나, 수업 끝나고 오려니?"

"학교?"

노형진은 고개를 갸웃했다. 지금 노형진의 나이는 스물한 살. 즉, 다른 사람들의 나이도 스물한 살이라는 뜻이다. 그렇다면 아직 대학교에 다니고 있다는 소리다.

'근데 아무리 봐도 저건 대학생 복장이 아닌데?'

검은색의 세미 정장. 검은색의 스타킹. 그리고 단정하게 내린 검은색 생머리.

'저 애가 저렇게 예뻤나?'

생각해 보면 회귀 전 손채림에 대한 기억은 거의 없는 거나 마찬가지였다. 학교를 졸업하고 난 뒤에는 그녀와 만날 일이 없었기 때문이다.

'마지막으로 들었던 게…….'

줄리어드 음대에 유학 가서 성악을 전공하고 세계적인 소 프라노가 되어 전 세계에 공연하러 다닌다고 했던가? 그게 마 지막이었다. 그마저도 본 적도 없고 동창들에게 들은 게 다였 다.

'난 그쪽으로는 관심이 없었으니.'

노형진이 좋아하는 건 영화였기에 그녀가 세계적인 소프 라노라거나 한국에서 〈오페라의 유령〉의 주연을 맡게 되었 다는 것에도 관심이 없었다.

'하긴…… 예쁘긴 하네.'

그러고 보니 그녀의 뛰어난 외모와 몸매가 그녀의 인기를 높이는 데에 한몫했다는 걸 들은 것 같기도 하다. 사실 소프 라노는 대부분 덩치가 있는 사람들이 많다. 아무래도 최고로 높은 톤의 목소리를 내야 하는데 그러기 위해서는 체격이 뒷 받침되어야 하기 때문이다.

'그러고 보니 조수민이 그래서 인기가 많다고 했지?'

성악가 조수민이 유명한 이유가 바로 다른 사람들보다 마 른 체형으로 최고음을 뽑아내기 때문이다. 오페라에서는 소 프라노가 주로 맡는 주연은 극 중에서 미녀로 표현되는 경우 가 많은데, 그녀의 가녀린 몸매와 뛰어난 외모가 다른 성악 가들보다 그 조건에 적합한 것이다.

'그래서 '제2의 조수민이다.' 같은 소리를 들었는데?'

확실히 그랬다. 그런데 아무리 봐도 그녀는 성악을 하는 모습이 아니었다. 애초에 성악 쪽으로 갔다면 지금 한국에 있을 리가 없다.

"왜 그래?"

"아니, 그냥 낯설어서."

"낯설다? 하긴, 그럴 만하지, 암."

"맞다. 초등학교 때까지는 엄친딸만 있었던 거잖아. 엄친아는 중학교 이후에 등장했고."

"그렇지."

확실히 노형진이 각성한 건 중학교 2학년 때이니, 초등학교 때는 엄친딸만 있는 게 맞다.

"근데 너희 어머니들이 그러셨다곤 해도 내가 무슨 짓을 했다고 손채림이 나의 최대 피해자라는 거야?"

"어? 너 모르냐?"

"나야 모르지."

"끄응, 어떻게 된 거냐면……."

"여어, 사내놈들이 뭐 하냐?"

막 이야기를 하려는 찰나에 다가오는 손채림. 그녀는 지친 얼굴로 씩 웃었다.

"고기 내놔."

"저기 많잖아? 여기는 금녀의 구역이다."

"의자가 없잖아. 그리고 고기 님 앞에서 금녀 따위는 가식일 뿐."

의자를 좌악 꺼내서 거침없이 앉은 그녀는 고기를 척척 쌈싸 먹기 시작했다.

'헐?'

그녀의 이미지가 잘나가는 소프라노였던 노형진은 전혀 생각지도 못한 그녀의 모습에 살짝 놀랐다.

"그런데 누구야? 처음 보는 것 같은데?"

"네 천적."

"내 천적? 오! 드디어 온 거냐, 엄친아!"

"응? 으응."

고기를 먹으면서 피식 웃는 그녀의 모습에 노형진은 살짝 설레는 것을 느꼈다.

"근데 생각보다 늦었다?"

"찾다가 포기하고 택시 탔다."

"그럴 줄 알았다."

그 말에 노형진은 고개를 갸웃했다. 이해가 가지 않는 대화였기 때문이다.

"그나저나 어떻게 지내?"

"나? 언제나처럼 과외 중이지."

"그래도 용케 가르친다. 네 성격에 개인 과외를 할 줄은 생각도 못 했는데."

"말도 마라. 이번에 담당하는 애가 중학생인데 진짜 공부를 가르치는 게 아니라 돌에 새기는 기분이야. 오죽하면 '내가 진로를 잘못 골랐나?' 하는 고민까지 한다니까."

"그래서 이제 온 거야?"

"응."

그 말에 노형진은 고개를 갸웃했다.

'그런 것치고는 많이 늦었는데?'

벌써 시간이 10시 30분. 멀리서 한 게 아니라면 벌써 왔어야 한다. 그런데 이제야 참석하다니.

"회비 내놔."

"늦게 왔는데 할인 없냐?"

"네가 고기 먹는 속력을 생각하면…… 아이고, 의미 없다."

"쳇."

지갑에서 3만 원을 꺼내서 탁 내려놓은 손채림은 갑자기 소주잔을 들더니 노형진에게 내밀었다.

"야!"

"응?"

"소주 한 잔 따라 봐."

"오오! 드디어?"

"드디어?"

자신이 모르는 게 있는 것 같았지만 분위기를 보아하니 물어본다고 해서 이야기해 줄 것 같진 않았다.

"뭐 해, 소주 안 따라 주고?"

"그래, 뭐, 까짓거."

'닥치라면 닥쳐야지.'라는 생각으로 노형진은 소주잔을 소주로 가득 채웠다.

"마셔, 마셔. 설마 죽기야 하겠냐?"

⚖️

'죽겠다.'

동창 놈들이 웃으면서 말해 주지 않은 이유를 알 것 같았다. 한 잔, 두 잔, 세 잔, 네 잔……. 술을 마시던 손채림이 꽐라가 되더니만 그대로 노형진을 붙잡고 하소연하기 시작했던 것이다.

"내가 너 때문에…… 너 때문에……."

"하하하."

그리고 노형진은 친구들이 말한 자신 때문에 피해를 본 최대 피해자라는 말을 이해할 수 있었다.

'역시 내가 직접 뭔가를 하지 않아도 바뀌어야 하는 건 바뀌는 건가?'

회귀 전에는 직접적인 관계가 없었던 그녀다. 이번에도 그랬다. 그런데 역사라는 게 참 우스워서 노형진이 쭈욱 치고 나가기 시작하자 묘하게 뒤틀린 것이다.

"야, 이 나쁜 놈아."

"미안."

"아냐, 아냐, 미안할 것까지는 없지. 그래도 넌 나쁜 놈이야."

술에 취해서 휘청거리는 그녀.

'쩝.'

사실 그녀의 어머니와 노형진의 어머니는 고등학교 동창이라 서로에게 경쟁심을 가지고 있었다. 회귀 전의 노형진은 그다지 신경 쓰지 않았지만. 그런데 몰랐던 사실이 있었다. 그녀의 어머니는 필요 이상으로 강한 경쟁심을 가지고 있었고 노형진이 쭉쭉 치고 나가자 경쟁, 아니 비교에서 밀리지 않기 위해 그녀를 쥐 잡듯이 잡기 시작한 것이다.

'그래서 역사가 바뀐 건가?'

원래 그녀는 지금쯤 줄리어드 음대에 가서 성악을 전공하고 있어야 한다. 그런데 부모님의 과도한 압박으로 인해 도리어 성적이 떨어지고 불화까지 생기는 전형적인 과정을 겪었다는 것이다.

'그래서 줄리어드에 못 갔구나.'

결국 그녀의 인생이 뜬금없이 줄리어드 음대생이 아닌 국내 대학 사범대생으로 바뀌어 버린 것이다.

'이건 부정할 수 없는 사실이네.'

물론 저들이 말한 최대의 피해자라는 말은 농담 삼아 한 것일 것이다. 그러나 회귀 전 그녀의 인생을 조금은 알고 있는 노형진이 봤을 때 그건 맞는 말이었다.

'어머니가 비교하긴 했지만 쥐 잡듯이 잡은 건 아니었는데.'

아무래도 손채림의 어머니는 그런 스타일이 아니었던 모양이다.

"음냐."

결국 고개를 푹 숙이는 그녀.

"너 만나면 항의하겠다고 하더니만 진짜로 하네."

"하긴, 네가 잘못한 건 아니지만 쥐 잡듯이 잡아 대셨으니."

"그랬냐?"

"말도 마라. 숨도 못 쉴 정도로 잡으시더라."

노형진은 그 말에 입맛을 다셨다.

'뭐, 인생이란 바뀌는 거니.'

그렇다고 자신이 다시 전처럼 살 수는 없지 않은가?

"그런 의미에서 오늘은 네가 데려다줘라."

"뭐?"

"얼마 전에 이사했거든. 그래서 우리도 집을 몰라."

그 말에 노형진은 기가 막혔다. 그렇다고 자신에게 책임을 떠넘기다니.

"그럼 난 아냐?"

"최소한 손채림의 인생을 비틀어 버린 책임은 지셔야지."

'윽.'

농담 삼아 한 말이었지만 노형진은 왠지 양심에 찔렸다.

"야, 야, 그래도 여자인데."

"설마 변호사님께서 엉뚱한 짓을 하시겠어? 흐흐흐."

"끄응."

술이 꽐라가 되어서 뻗어 버린 손채림. 노형진은 어떻게든 벗어나고 싶었다.

"나 오늘 차도 안 가지고 왔어. 술 마시는 데에 차를 가지고 올 수는 없잖아?"

"누구는 가지고 왔냐?"

"그럼 주소는 알아야지."

"그걸 알면 우리가 데려다줬지."

"이것들아!"

"아, 몰라."

키득거리는 인간들을 보니 뭔가 더 있는 것 같았지만, 말해 줄 것 같지 않았다.

"하여간 그런 관계로 오늘의 너의 임무는 손채림을 끝까지 지키는 것이다."

"끄응······."

노형진은 입맛을 다실 수밖에 없었다. 저들이 절대로 데려다주려고 하지 않았기 때문이다.

"수고하게나."

"알았다, 알았어."

"근데 말이다, 노형진."

"응?"

"진짜로 수고, 아니 고생해야 할 거야."

"뭐?"

"닥치면 알아, 후후후."

뭔가 알 듯 말 듯한 얼굴이 되는 동창 놈들의 말에 노형진은 왠지 등골이 오싹해졌다.

"같은 동네라고 하니까 아마 네 집에서 가까울 거다."

노형진은 손채림을 부축하면서 낑낑거렸다.

"배신자들."

"시끄러워."

노형진은 그녀를 데리고 가겠다고 이야기하자마자 갑자기 사람들은 돌변해서는 두 사람을 마구 밀어냈다. 무슨 음모가 있는 것 같은데 말해 주질 않으니 죽을 맛이었다.

"얼른 가라. 지금 출발해도 늦을지도 몰라."

"뭔 소리인데?"

"가 보면 알아."

"끙……."

결국 휘청거리는 손채림을 흔들어 깨우면서 출발하는 노형진. 그걸 보면서 동창들은 피식 웃었다.

"과연 정상적으로 도착할까?"

"글쎄…… 진짜 내가 주소만 알면 데려다주고 싶은데."

문제는 주소를 모른다는 것. 물론 아예 말도 못 할 정도로 취한 건 아니다. 그저 힘든 과외를 하다 보니 지친 것뿐이다. 그래서 잠든 거고. 그러니 깨워서 주소를 물어볼 수는 있다. 한 가지 문제만 빼면 말이다.

"가자."

"그래, 알아서 가겠지."

다시 고깃집 안으로 들어가는 사람들. 그리고 그들은 노형진과 손채림에 대해서는 잊어버린 채로 고기를 탐하기 시작했다.

⚖️

"야야, 손채림."

"우웅?"

"집에 가자. 집이 어디야?"

"집?"

"그래, 집."

술에 취한 데다가 피로에 절기까지 한 그녀는 노형진을 물끄러미 바라보다가 간신히 입을 열었다.

"그러니까 우리 집은……."

"그래, 너희 집. 이사 간 곳."

"우리 집은…… 빨간 대문이 있는 집을 지나 전신주를 지나서 파란 대문을 지나면 검은 사자 머리 손잡이가 달린 집이 우리 집."

"뭐?"

"왜 이해를 못 해? 빨간 대문이 있는 집을 지나 전신주를 지나서 파란 대문을 지나면 검은 사자 머리 손잡이가 달린 집이 우리 집이라고."

"그게 뭔 소리야?"

"우헤헤헤."

갑자기 발작적으로 웃는 그녀를 보자 노형진은 왠지 등골이 오싹해졌다. 보통 집을 말하라고 하면 주소를 말하거나 주변의 대표적인 뭔가를 말하기 마련이다. 그런데 이게 무슨 설명이란 말인가?

"야! 주변에 유명한 거 없어? 건물이라든가 가게라든가."

"유명한 거?"

"응."

"유명한 거, 유명한 거……. 아 맞다! 있다!"

"뭔데? 말해 봐."

"집에 가는 길 옆의 떡볶이 집."

"응?"

"거기 맛있다. 우헤헤헤."

"……."

노형진은 더 이상 이야기해 봐야 말이 통하지 않을 거라는 예감이 들었다. 결국 그는 손채림을 벽에 기대어 놓고 친구에게 전화했다.

"도대체 뭐라고 하는지 모르겠다. 아는 거 있냐?"

"있지."

"뭔데?"

잠시 전화기 너머에 흐르는 침묵. 그러나 침묵을 지키는 건 그 녀석뿐이었고 다른 녀석들이 킥킥거리는 소리는 전화기를 통해 그대로 넘어오고 있었다.

"그 녀석이 지독한 길치라는 것."

"뭐?"

"그 녀석의 말을 듣고 집을 찾을 수 있을 거라는 기대는 버려. 그 녀석은 길치야. 자기 집도 못 찾을 만큼 지독한 길치."

"……."

그리고 그 말은 들은 노형진은 지금까지 벌어진 모든 사태가 이해되기 시작했다. 아무리 과외를 한다고 해도 시간을 훨씬 지나서 온 점. 그마저도 택시를 타고 온 점. 그리고 얼마 전에 이사했다고 하면서 친구 녀석들이 데려다주기를 거부한 점.

"설마……."

"넌 변호사니까 엉뚱한 짓은 안 하겠지."

"야, 이 자식들아!"

"아, 고기 탄다. 난 이만 뿅."

철컥 끊어지는 전화에 노형진은 기가 막혀서 말이 나오지 않았다.

"야, 야, 야! 정보를 좀 달라고! 정보를!"

"정보?"

"그래! 집에 대한 정보!"

변호사니까 그런 정보 취합 같은 건 잘할 것 같다며 채림을 떠넘겨 버린 친구 녀석들을 욕하면서 노형진은 집을 찾기 위해서 노력하고 있었다.

"그러니까……."

"그래, 뭐든 좋아. 가게라도."

가게만 있다면 어떻게 물어물어 찾아갈 수 있을 것 같았다. 그런데…….

"우리 집 앞에 있는 개가 커. 그래, 대땅 커. 아, 집을 특정할 수 있는 거? 맞다! 앞집 사람 차가 빨간색이야. 히힛."

'오, 신이시여, 이게 무슨…….'

길치라는 존재를 몰랐다. 그저 단순히 길치라는 존재는 길을 잘 못 외우는 사람이라고 생각했다. 그런데 이건 그게 아니라 아예 길이라는 개념 자체가 없는 사람 같았다.

"아, 맞다!"

"뭔가 기억났냐?"

"저쪽이야! 확실해! 저쪽 맞아!"

"방금 지나온 길이거든?"

"네가 몰라서 그래. 확실하다니까! 나를 따르라!"

"야, 야!"

부축하는 노형진을 뿌리치고 방금 온 길을 거꾸로 가기 시작하는 손채림. 노형진은 '그래도 집은 찾아가겠지.'라는 마지막 희망을 가지고 그녀를 따라갔다.

그렇게 그녀는 한 30분 정도를 주저하지 않고 걸어갔고 노형진은 '드디어 길이 생각이 났나 보다.'라고 생각하면서 그 뒤를 열심히 따라갔다. 그러나.

"야, 엄친아."

"응?"

"근데 여기가 어디야?"

"뭐?"

"여기 어딘지 모르겠는데?"

"……."

노형진. 그는 길치에 대해서 전혀 모르고 있었던 것이다.

⚖️

"아아, 꼬꼬마들 싫어."

"그래그래…… 나도 싫어."

중얼거리는 손채림을 데리고 벌써 세 시간째 걷고 있는 노형진이었다. 별의별 방법을 다 써 봤다. 지갑을 뒤져서 주민등록증을 찾아봤지만 거기에 적혀 있는 주소는 옛날 주소뿐이었다. 혹시나 하고 핸드폰을 꺼내 봤지만 핸드폰은 비밀번호로 잠겨 있었다.

"야, 진짜 집 기억 안나?"

"집? 아, 집! 기억나. 우리 집 앞에…… 가끔 떡볶이 차가 지나다녀. 우리 집 근처에 떡볶이 장사하는 사람이 있나 봐."

'물어본 내가 바보다.'

처음에는 자신을 엿 먹이려는 손채림의 장난이라고 생각했다. 그래서 친구 녀석에게 다시 전화하기도 했다. 그런데 친구 녀석의 말이 가관이었다. 길치는 원래 그렇다고. 50미터만 나가도 길 잃어버리는 게 길치라고.

'콱 던져 버려?'

간간이 모텔이 보이기는 했다. 마음 같아서는 그녀를 모텔에 던져두고 그냥 가고 싶었다. 그러나 두고 가자니 주인이나 다른 손님이 무슨 짓을 할지 모르는 게 현실이고, 안 두고 가자니 쓸데없는 오해를 받을 게 뻔하다. 그렇다고 다른 방을 잡자니 그럼 같이 있는 의미가 없다. 그가 옆방에서 잠들면 무슨 일이 일어날지 모르기 때문이다.

'믿을 건 경찰서뿐이다.'

상황이 이렇게 된다면 방법은 하나뿐. 술이 깰 때까지, 아니 하다 못해 연락이 될 때까지 경찰서에서 기다리는 것.

'근데 경찰서가 어디 있냐고!'

문제는 당당하게 앞서가는 손채림을 무작정 따라가다 보니 이제는 노형진조차 여기가 어딘지 모르게 되었다는 것.

"넌 나한테 미안해해야 해."

"그래그래, 미안하다."

"난 애들이 싫어."

"나도 싫어."

무의미한 대사를 반복하면서 경찰서를 찾아서 허덕거리는 두 사람.

'젠장, 이럴 거면 차라리 재판을 뛰고 말지.'

하다못해 그건 방법을 찾든가, 그마저도 안 되면 답이라도 정해져 있는데 이건 방법도 없고 답도 없다.

그 순간이었다.

따르릉.

어디선가 들리는 핸드폰 소리. 노형진은 고개를 번쩍 들었다. 그 소리는 분명 손채림의 가방에서 들려오고 있었기 때문이다.

"야! 전화!"

"전화? 무슨 전화?"

그러나 술에 취한 그녀는 여전히 해롱거리고 있었고 노형진은 그녀를 바닥에 내려두고 가방을 뒤졌다. 그리고 나오는 한 대의 핸드폰.

"여보세요!"

잽싸게 전화를 받는 노형진.

'그래…… 이 시간이면 집에서 전화해야 정상이지. 그래, 주소만 받으면 끝이다.'

벌써 새벽 3시가 넘은 시간. 솔직히 딸을 가진 집에서 전화가 안 오는 게 이상한 시간이다. 아무리 사이가 안 좋다고 해도 말이다.

"채림…… 누구야?"

핸드폰 너머에서 들리는 남자의 목소리. 그는 딸이 아닌 다른 남자의 목소리가 들리자 당황하는 듯했다.

"여보세요."

"너 이 새끼, 누구야! 내 딸한테 무슨 짓을 하는 거야!"

"저기, 오해는 마시고, 제가 지금 따님을 보호하고 있는……."

노형진이 사정을 말하고 주소를 받으려는 찰나였다.

띠리리링.

익숙하면서도 어색한 소리와 함께 뚝 끊어지는 핸드폰. 노형진은 순간 얼어 있다가 귀에서 핸드폰을 떼어 냈다. 그리고 화면을 바라보았다. 시커먼 색의, 아무것도 없는 화면. 배터리가 없어서 꺼져 버린 핸드폰…….

"이런 젠장! 되는 일이 하나도 없어!"

노형진은 절규했다.

혹시나 하는 마음에 가방을 뒤졌지만 역시나 예비 배터리
는 없었다. 있었다면 갈아 끼우고 전화를 기다릴 수도 있었
는데 말이다.

　"망할 길치 같으니라고."

　그나마 걸어 다니던 손채림은 깜빡깜빡하더니만 결국 잠
들고 말았다.

　"끄응…… 내가 뭐 하는 거야? 영화를 찍는 것도 아니고."

　한쪽 팔에는 그녀의 신발을 걸고, 목에는 그녀의 핸드백을
걸고, 등에는 그녀를 업고 터벅터벅 걸어가는 노형진.

　'모텔이 나오기만 해 봐라. 무조건 던져 버린다.'

　복도에서 자는 한이 있더라도 이 짐 덩어리를 던져 버리겠
다고 생각하면서 얼마나 걸었을까. 그의 눈에 보인 것은 저
멀리에 있는 '장미 여관'이라는 흔해 빠진 작은 여관이었다.

　"드디어!"

　천근만근 무거워진 몸을 이끌고 한 걸음 한 걸음 그곳으로
향하는 노형진.

　'젠장, 제대하고 동창회에 왔더니만 이게 뭔 꼴이야.'

　이제 친구 녀석들에게 전화해도 안 받는다. 뻔하다. 자기
집에 가서 퍼질러 자고 있겠지.

　"잡히기만 해 봐라."

　이를 뿌드득 갈면서 장미 여관으로 다가가던 그때였다.

　애애앵.

저 멀리서 들리는 사이렌 소리. 노형진이 그곳으로 고개를 돌리는 순간, 코너에서 경찰 두 명이 튀어나왔다.

"경찰 아저씨!"

오죽 반가웠으면 변호사인 그가 경찰 아저씨라는 어릴 적 호칭을 말할 정도였다.

"손 들어! 꼼짝 마!"

"엉엉, 아저씨, 왜 이제 왔어요? 빨리 좀 오지. 내가 얼마나 고생했는데."

"어?"

경찰은 긴급 납치 신고를 받고는 전화가 끊어진 지역을 이 잡듯이 뒤지고 있었다. 그러던 중 의식이 없는 여자를 업고 여관으로 향하는 남자를 보고는 잡으려고 했다. 그런데 정작 그 남자는 경찰을 보면서 왜 이제 왔느냐고 타박하고 있었던 것이다.

"역시 민중의 경찰! 만세!"

납치범 같지 않은 그 모습에 경찰은 어벙한 얼굴이 되어 가고 있었다.

⚖

"미안합니다."

"아닙니다. 덕분에 살았습니다."

노형진은 경찰서에서 시원한 물을 마시고는 한숨을 돌렸다.

"커어어."

손채림은 여전히 술에 취해 정신을 차리지 못하고 있었다.

"변호사님도 고생이 많으시네요."

"하하하."

"그나저나 진짜 재수 없는 경우가 있긴 하군요."

"그렇게나 말입니다."

노형진의 핸드폰마저 배터리가 없고 그 흔한 공중전화는 보이지도 않는데 오밤중이라 사람은 지나가지도 않고 가게마저 모두 닫아 버린 상황인지라 경찰을 부를 수도 없었던 노형진은 결국 온몸을 땀으로 흠뻑 적시면서 그녀를 업고 다녀야 했다.

"뭐, 일단 신분은 확인되었고요. 가족분들한테도 연락했습니다. 지금 데리러 온답니다. 그리고 오해해서 미안하다네요."

"하하하."

아니나 다를까, 가족들 역시 그녀의 길치 증세가 심각하다는 걸 알고 있었던 것이다.

'이래서 가출도 못 하는 거냐?'

사이가 안 좋다고 듣긴 했는데 이래서는 가출했다가 그대로 실종될 것 같았다.

"그럼 먼저 가 보시겠습니까?"

"아니요…… 일단 가는 건 봐야지요."

어찌 되었건 가족이 올 때까지는 지켜 줘야 한다.

"음냐…… 야…… 엄친아, 나…… 밥 사 줘, 밥아압."

잠꼬대하는 손채림을 보면서 노형진은 피식 웃음을 흘렸다.

"알았다, 이 화상아. 에효……."

그렇게 그날 밤의 작은 에피소드는 노형진에게 길치와의 대면이라는 당혹스러운 경험을 안겨 주고 끝났다.

첫 번째 사건

"제대 축하해!"

"역시 넌 괴물이야. 학교는 그렇다 치고 제대까지 속전속결?"

송정한 변호사는 기가 막혔다. 학업 기간이야 머리로 단축할 수 있다지만 복무 기간을 줄인다는 것은 꿈에도 생각하지 못했던 일이기 때문이다.

"하하하."

노형진은 어색하게 웃었다. 그도 그럴 수밖에 없는 게, 자신이 잘해서 상을 받은 게 아니라 자신을 쫓아내기 위한 음모에 당한 것이니 말이다.

'뭐, 덕분에 제대했으니 좋지. 세금이 아깝기는 하지만 내 세금도 아니니까.'

"그나저나 어쩔 거냐?"

"글쎄요. 생각보다 빨리 제대하기는 했지만 그래도 일단 사무실을 내야겠지요."

"아예 우리 쪽에 들어오지그래?"

새론은 제법 커다란 회사가 되었다. 대룡그룹에서 사건을 몰아주고 있기 때문이다.

"새론으로 오라구요?"

"그래, 남상주 변호사도 여기로 왔어."

"남 변호사님이 오셨다구요?"

"그래."

그 말에 노형진은 깜짝 놀랐다. 남상주 변호사는 원래 자기 회사를 세우고 거기서 승승장구해야 한다. 그런데 새론으로 왔다고?

'역사가 바뀌었다.'

명백하게 역사가 바뀐 것이다.

'아니, 당연한 건가?'

서서히 흔들리고 있어야 할 대룡그룹은 다시 제자리를 되찾고 성화그룹과 전쟁 중이다. 이처럼 벌써 역사가 바뀌었으니 그의 삶 역시 바뀔 수밖에 없었던 걸지도 모른다.

"자네랑 남 변호사라면 환상의 콤비가 될 거야."

그 말에 형진이 미안한 듯 웃었다.

"전 개인 변호사 사무소를 오픈하려고요."

"뭐! 개인 변호사 사무소?"

깜짝 놀라는 사람들. 그럴 수밖에 없는 게, 좀 크다 하는 사건은 결국 로펌을 찾기 마련이다. 그래야 좀 더 잘해 줄 것이라 믿기 때문이다. 즉, 개인 변호사는 그다지 크게 돈이 되는 사건은 들어오지 않는다는 뜻이다.

"아니, 왜? 자네가 온다면 우리가 적극적으로 밀어줄 의사도 있네만."

새론은 이제 제법 대형 로펌에 속한다. 따라서 그가 들어온다면 상당한 지원을 해 줄 수 있다.

하지만 형진은 고개를 흔들었다.

"새로운 스타일을 한번 시도해 보려고 합니다."

"새로운 스타일이라니?"

"친서민적 변호사 말입니다."

"친서민적 변호사? 설마 무슨 인권 변호사를 꿈꾸는 건가?"

"그럴 리가요."

형진이 봤을 때 우리나라의 법체계는 극도로 경직되어 있고 갑을 위한 구조로 되어 있다. 일단 돈이 없어서 변호사를 쓰지 못하는 사람도 많은 데다가 사법연수원을 마치고 바로 판검사가 되어 버리니 사회에 대해서 전혀 이해하지 못한다. 그리고 그건 변호사들도 마찬가지.

'세상을 아는 변호사를 만들자.'

지금까지 변호사들은 세상을 몰랐다. 웃기게도 세상을 판단하고 지켜야 하는 변호사들의 대부분이 갑이라는 자신들의 위치에 서서 피고를 재단하고 판단한다. 하지만 그건 검사의 일이지, 변호사의 일이 아니다.

사실 범죄자에 대해 그렇게 재단하는 것까진 그렇다고 치자. 강간범을 아무리 좋게 판단해도 기분 좋은 마음으로 변호해 줄 수는 없으니까. 문제는 그 판단의 기준이 인성이나 전과가 아닌 돈이라는 것이다. 돈만 있다면 최고의 손님이고 돈이 없다면 최악의 손님이 되는 것이다.

"그러니까…… 자네는 지금 후불제 변호사를 계획한다는 거야?"

"후불도 되고 할부도 되고."

"이런……."

새론의 변호사들은 당황했다. 그런 건 생각하지도 못했기 때문이다. 지금 모든 변호사들은 갑이니까.

"하지만 주변에서 좋아하지 않을 텐데."

"제가 언제 주변 눈치 봤습니까?"

"하긴……."

새론과 연이 닿았던 사건의 경우, 자신들이었다면 그렇게 완벽하게 싸워 내지는 못했을 것이다.

"미국은 소송의 천국이라고 하죠."

"그렇지."

"그런데 왜 소송의 천국일까요?"

"응?"

그 말에 곰곰이 생각에 빠지는 사람들.

사람이 많아서? 아니다. 미국은 사람이 많은 만큼 변호사도 많다. 우리나라처럼 사법연수원에서만이 아닌, 모든 로스쿨에서 매년 쏟아져 나온다.

"그곳의 변호사들은 확실히 갑입니다. 고액 연봉자죠. 그건 우리와 똑같아요. 다른 건 단 하나. 정식으로 변호를 담당하게 되는 순간 그들은 철저하게 일합니다. 변호 계약과 동시에 의뢰인이 갑이 되고 자신은 을이 되는 거죠."

"갑과…… 을이라……."

"그렇기 때문에 소송이 많아집니다. 어떤 사건이든 이기려고 노력하니까. 하지만 한국은 어떠한 경우에도 갑이죠. 심지어 자신이 해야 하는 증거를 찾는 절차까지 의뢰인이 하는 경우도 있죠."

"끄응……."

그 말을 부정하지 못하는 변호사들.

맞는 말이다. 변호를 위해서는 증거를 찾는 과정이 있어야하는데, 대부분의 경우 그 증거가 될 만한 걸 찾기 위해서 뛰는 건 극도로 드물고 그저 말장난만 할 뿐이다. 말장난을 하는 변호사와 증거를 들이미는 변호사. 둘 중 누가 이길지는 뻔한 일.

'그리고 얼마 후면 로스쿨이 생기니까.'

이들은 모르지만 얼마 후면 로스쿨이 생긴다. 그리고 로스쿨이 생기고 엄청난 수의 변호사들이 나오자, 망하는 변호사가 속출했다. 이유는 간단하다. 변호사의 숫자가 많아지면서 의뢰인이 갑이 되었는데 이에 제대로 적응하지 못한 것이다. 고압적인 태도로 의뢰인을 겁박하는데 누가 오겠는가? 그 덕분에 변호사 사무실비는커녕 한 달에 5만 원인 변호사회의 회비도 못 내는 변호사가 수두룩해졌다.

'그리고 판사 제도도 바뀌지.'

기존의 사법연수원에서는 성적순으로 잘라서 판사와 변호사, 검사를 고용했지만 나중에는 3년 이상 변호사로 일한 사람만 고용하게 된다.

'우리가 그 시장을 먹는다면.'

친서민 정책으로 이미지를 좋게 해 놓으면 로스쿨 변호사가 탄생하는 동시에 급속도로 사세를 확장할 수 있다. 그렇게 된다면 출신 판사와 검사를 가진 거대 변호사 기업이 될 수도 있다.

'그러면 게임 끝이지, 뭐.'

물론 이건 아직 비밀이지만.

"흠."

고민하던 송정한은 입을 열었다.

"확실히 자네 말대로 우리 규모에서 해 볼 수 있는 실험은 아니군."

"네, 그러니까 제가 해 볼 생각입니다. 찾아가는 변호사."

"찾아가는 변호사라⋯⋯."

지금까지 누구도 생각하지 못한 일이다.

'어쩌면⋯⋯.'

송정한도 확실히 뭔가 잘못되었다고 생각하곤 있었다. 그렇지만 뭔가 해 보려고 생각하진 못했다.

'역시 젊다는 건가?'

이제 노형진의 나이 스물한 살. 보통 변호사들이 되는 나이는 서른 살 이상이다. 무려 10년 차.

"좋아, 내가 투자하지."

"투자라니요?"

"변호사 사무실은 얻어야 하지 않나? 내 좋은 곳은 아니지만 투자하지."

"아닙니다. 투자라니요. 부담스럽습니다."

이건 확실히 미래의 큰 거 한 방이 될 수는 있겠지만 지금 당장 크게 돈이 될지는 알 수 없다.

"아니야. 확실히 자네 말이 맞아. 어쩌면 미래가 그렇게 바뀔지도 모르지. 그렇다면 우리 쪽도 어느 정도는 체질 개선을 해 놔야 해. 그러니 자네를 보고 배워야지."

'호오?'

그 말에 노형진은 살짝 놀랐다. 아직 그 일이 벌어지려면 상당한 시간이 남았는데 벌써 이런 생각을 할 줄은 몰랐던 것이다. 물론 슬슬 일각에서 로스쿨 이야기가 나오고 있지만 말이다.

"일종의 외주비라고 생각하게. 자네가 적응하고 성공하면 우리는 그대로 따라갈 테니까."

"하지만……."

"단! 조건이 있네."

"조건?"

"가끔 우리 새끼 변호사들을 보낼 테니 좀 가르쳐 줘."

"제 주제에 뭘……."

"하하, 자네가 지금 민시아 변호사가 얼마나 일을 잘하는지 몰라서 그러는 거야."

"제가 뭘요?"

"검사들이 아주 치를 떤다네. '하얀 마녀'라는 별명까지 얻었다니까."

"송 변호사님!"

"내가 틀린 말 했나?"

송 변호사가 봤을 때 제대로 싸우는 법을 배운 변호사는 무척이나 드물다. 그런데 민 변호사는 그걸 배워 왔다. 그런 변호사의 가치는 1~2억 정도로 매길 수 없다.

'어차피 우리가 얻어 준다고 해도 월세 말고는 나가는 게 없으니까.'

보증금이야 자신들의 이름으로 얻어서 사용권만 준다면

돌아올 돈이고, 단돈 100만 원 정도로 새끼 변호사를 쓸 만한 인간을 만들 수 있다면 아주 싸게 먹히는 것이다.

막말로 새끼 변호사가 제대로 변호사 노릇을 하려면 2년은 굴러야 하는데, 아무리 민시아가 노력했다지만 단 두 개의 사건을 도와주고 법에 대한 통찰력을 얻어 왔으니 말이다.

"그렇다면야."

노형진은 미소를 지었다. 그런 조건이라면 자신에게도 나쁘지 않다.

"그럼 우리는 동업자네."

"잘 부탁드립니다, 송 변호사님."

"나야말로 잘 부탁하네, 동업자 양반. 하하하."

⚖️

"잘 부탁드립니다."

넙죽 명함을 내미는 남자. 웃음을 보이고 있지만 비굴하지는 않다. 그의 손에 들린 하얀 명함을 형사와 피고 두 사람은 멍하니 바라보았다.

"누구⋯⋯?"

"변호사입니다."

"변호사?"

변호사라고 하면 보통 고압적으로 막 '이 새끼, 저 새끼.'

하는 게 보통이다. 아니면 근엄하게 폼을 잡고 있든가.

"진짜 변호사 맞습니까?"

"네, 여기 자격증도 있습니다."

"근데 왜……."

지금까지 경찰서에 와서 영업 뛰는 변호사는 한 번도 본 적이 없었던 사람들은 상당히 충격받았다. 변호사란 접대받는 직업이지, 이렇게 와서 발로 뛰는 사람은 처음이었기 때문이다.

"여러분들의 힘이 되고자 직접 뛰고 있습니다."

그걸 엉겁결에 받아 드는 조사원.

"혹시나 변호사가 필요하면 바로 연락 주십시오."

"그…… 그럽시다."

"잘 부탁드립니다."

그뿐만 아니라 다른 사람에게도 고개를 숙이면서 잘 부탁한다고 고개를 숙이는 변호사.

'아, 힘들다.'

아마 변호사들이 알면 변호사 망신 다 시킨다고 길길이 날뛸 게 뻔하다. 하지만.

'변호사는 그냥 서비스직이라는 거?'

사실 변호사라는 직업이 갑질할 이유는 하나도 없다. 사법연수원? 자기 공부를 하는데 국가에서 세금으로 월급을 준다는 건 사실 말도 안 되는 일이다. 장학금도 아니고 월급이라니. 변호사? 그 돈을 받아 처먹었으면 그만큼 일해야 하는 법이다.

"안녕하세요, 노형진 변호사입니다."

그렇게 서울 시내뿐만 아니라 경기도권의 경찰서들을 찾아다니면서 인사하자, 그는 얼마 안 가 경찰서 내부에서도 유명 인사가 되었다. 물론 안 좋은 의미로 말이다. 그도 그럴 것이, 윽박지르기도 하고 때리기도 하면서 취조해 왔는데 변호사가 알짱거리니 그럴 수가 없게 된 것.

"그나저나 생각보다 사건이 안 들어오네."

어찌 보면 당연한 일이다. 이제 막 변호사 사무실을 오픈한 사람이고 직원 하나 없는데 누가 믿고 사람을 쓰겠는가?

"직원 하나를 써야 하나?"

최소한 서류 작업을 해 줄 사람 한 명 정도는 필요할 것 같았다.

따르릉.

"응?"

그 순간 전화가 울렸다. 그리고 노형진의 눈이 번뜩였다. 그럴 수밖에 없는 게, 지금 울린 건 개인용이 아닌 업무용, 즉 자신이 뿌린 명함에 있는 번호였기 때문이다.

"안녕하세요. 노형진 변호사 사무실의 노형진 변호사입니다."

"변호사님? 변호사님예, 진짜로 도와주십니꺼?"

"네?"

"변호사님, 우리 아들내미 좀 도와주이소. 제발예."

다급한 아줌마의 목소리.

"이 번호는 어찌 아신 건지?"

"바닥에 떨어진 명함을 보고 전화했심더. 여기 보니까 뭐든 도와주신다고 되어 있던데예."

"그럼요."

"지발 제 아들내미 좀 도와주시오."

"알겠습니다. 수임료는……."

"수……임료……."

수임료라는 말에 말을 못 하는 상대방. 그럴 것이다. 보통 변호사의 수임료는 300만 원. 아마도 주변에 있는 다른 변호사 사무실에서 이야기를 듣고 왔을 것이다.

"어디시죠?"

"여기예? 서울인데예."

"그럼 차비 포함 11만 원입니다."

"11만 원이라꼬예?"

"경찰서에 계신 거 보니 조사 중이신 것 같은데 저희 변호사 사무실에는 응급 법률 지원 서비스를 합니다. 기본적인 비용 10만 원에 차비로 서울권은 1만 원, 경기도권은 2만 원이 더 나갑니다. 장기 계약은 아니고 조사 시 동석 서비스나 현장 변호사 상담 등만 지원합니다. 아, 그리고 정식으로 계약을 체결하시면 거기에 포함시켜 드립니다."

"그 정도면…… 제발 부탁합니데이."

"바로 가겠습니다."

드디어 첫 번째 사건이 들어오자, 노형진은 바로 차도 앞으로 나가 손을 들었다.

"택시! 가까운 전철역으로 갑시다! 빨리요!"

응급 법률 지원 서비스. 그건 형진이 생각해 낸 개념이다.

사실 모든 피고는 조사 단계부터 변호사와 동석할 수 있는 권리가 있다. 그러나 경찰들이 알려 주지도 않을 뿐만 아니라 안다 해도 변호사비가 300만 원이라 데려올 수 있다.

물론 국선변호인이라는 존재가 있지만 숫자는 적고, 하고자 하는 사람은 더 적다. 그런데 조사 대상은 많으니 동석하지 못하는 것이 태반이다. 그래서 노형진은 이런 서비스를 제공하기로 한 것이다.

그리고 일단 상황이 급해서 10만 원을 쓰고 나면 나중에 그 돈이 아까워지는 것이 인간이다. 그러니 어차피 변호사를 쓸 거, 자신을 쓰라는 뜻에서 정식 계약할 때 포함시켜 버리는 것이다. 마트의 미끼 상품과 비슷하다고 할 수 있다.

"응급 지원을 하면 이야기할 시간도 생기는 거지."

그렇게 되면 두 번 설명하기보다는 자신에게 사건을 맡기게 될 것이다. 대한민국 변호사 중 그 누구도 생각하지 못한, 말 그대로 찾아가는 서비스.

'어차피 변호사는 서비스직이니까.'

갑이랍시고 모가지에 힘주면서 뻣뻣하게 버텨 봐야 도태될 뿐이라는 건 형진은 알고 있었다.

"실례합니다. 문석규 씨?"

"아이고메! 여기입니다, 여기!"

시골에서 온 것이 확실한 아줌마가 그에게 매달렸다.

"문석규 씨?"

"제 아들입니데이."

"어디 계십니까?"

"저 안에 있습니데이."

"일단 아주머니는 진정하시고요. 제가 들어가 보겠습니다."

패닉에 빠진 아주머니를 진정시키고 안으로 들어간 노형진. 그러자 그의 시야에 고개를 푹 숙인 한 남자와 멍이 든 채 고래고래 소리를 지르고 있는 다른 남자의 모습이 들어왔다.

"아오, 이 씨발 새끼를 콱!"

"어허!"

경찰은 옆에서 손을 드는 남자를 보고 소리를 질렀다.

"쌍방으로 잡혀 볼래요?"

"야, 이 쌍 노무 새끼."

"야, 이 사람 바깥으로 보내."

이것이 법이다

옆에서 맞은 것으로 보이는 남자가 나가고 경찰은 한숨을 푹 쉬었다.

"이름."

"문석규입니다."

"나이 스물두 살요."

"직업."

"태권도 국가 대표……. 형사님, 저 어떻게 안 되겠습니까? 이거 드러나면 저 잘립니다. 미래가 완전히 망가진다고요."

"이봐요, 나도 안타까운데 방법이 없습니다. 일단 계속합시다."

계속하자는 말에 고개를 숙이는 문석규. 노형진은 그 옆으로 가서 그를 바라봤다.

"문석규 씨?"

"누구신지?"

"어머니가 고용하신 변호사입니다. 지금부터 묵비권 행사하세요."

"변호사?"

고개를 든 형사는 얼굴을 찌푸렸다.

"아니, 노 변호사님 아닙니까?"

"안녕하세요. 오늘도 바쁘시네요."

"그렇게 말입니다. 그런데 어쩐 일로…… 아닙니다."

그동안 돌아다니면서 인사한 덕분에 그의 얼굴을 아는 형사는 입맛을 다셨다.

"어떻게 된 일입니까?"

"진짜로 수임받으신 거죠?"

"그러니까 왔지요."

'물론 동석까지지만.'

어찌 되었건 수임받은 것은 사실이다. 그러니 물어봐도 상관없다. 그 형사도 입맛을 다시더니 입을 열었다.

"폭행입니다."

"폭행?"

"네."

그 말에 형진은 한숨이 나왔다. 폭행이라니. 게다가 들어보니 국가 대표 태권도 선수라는데.

'격투기 계열이면 가중처벌인데.'

태권도 선수 같은 격투기 계열 선수가 누군가를 폭행하면 가중처벌을 한다. 실질적으로 그의 미래는 박살 나는 것이다.

"아니에요, 변호사님. 저 진짜 억울합니다."

"억울? 사람을 안 때렸다는 건가요?"

그럴 리가 없다. 보아하니 문석규도 그렇고 저 피해자도 그렇고, 술을 먹은 것 같진 않다.

"그게 말이죠. 상을 받아야 하는 상황인데, 상이 벌로 바뀌었습니다."

형사는 안타깝다는 듯이 중얼거렸다. 노형진은 그 말이 이해가 가지 않았다. 상을 받아야 하는데 벌을 받게 되다니?

"진짜 피해자가 튀었어요."

"진짜 피해자가 튀어?"

"저 녀석, 강간 2범입니다."

"네?"

순간 멍해진 노형진. 그는 고개를 돌려서 의자에서 저런 놈은 죽여야 한다며 발악하고 있는 피해자를 바라보았다. 그런데 강간 2범?

"24세, 강건마. 참 강간마스러운 이름이죠. 하여간 열일곱 살 때 강간했는데 소년범이라고 집유받았고 스물두 살 때 강간했는데 1년 살고 나왔습니다."

"설마……."

노형진이 생각하는 최악의 경우를 생각했다. 그리고 그걸 안 형사는 고개를 끄덕거렸다.

"튀었어요."

"이런."

"참 지랄 같은 경우죠."

척 보니 어떤 상황인지 알 것 같았다. 저 녀석이 어디선가 다시 강간하려고 했는데, 마침 지나가던 문석규가 그걸 보고 막으려고 한 것이다. 태권도 선수이니 어렵지 않게 물리쳤을 테고 말이다. 문제는 그걸 경찰에 와서 신고해야 하는데 여자가 그를 제압하는 사이에 도망쳐 버린 것이다. 그러자 폭행을 당한 강건마는 그를 폭행으로 고발해 버렸다.

"여자는 누군지 모릅니까?"

"모릅니다."

'끄응, 이거 지랄 같네.'

이런 사건은 참 지랄 같은 사건이다. 일단 증거가 없다. 강간을 시도했다는 것 자체가 그곳에 CCTV 같은 것이 없다는 점을 확인했다는 뜻인데 여자가 누군지 모르니 찾을 수도 없다.

"대책이 안 서죠."

즉, 문석규는 폭행으로 처벌받아야 한다.

"여자는 왜 오지 않은 겁니까?"

"뻔한 거 아닙니까? 귀찮다. 아니면 창피하다."

'멍청하긴.'

안 그래도 그런 여자들이 많아지면서 인터넷에서 여자를 도와주면 안 되다는 말이 나오고 있다. 여자를 도와주면 폭행으로 처벌받는 상황과 맞닥뜨릴 텐데 누가 도와주겠는가? 자기만 편하면 그만인 그런 행동은 결국 다른 여자들을 강간범한테 가져다 바치는 것이나 마찬가지다.

"일단 조서 작성은 나중에 하죠. 어차피 묵비권 행사 하실 거죠?"

"네."

이런 건 최대한 사건을 끌어야 한다.

"일단 변호사님이 담당하셨다고 하니까 얼굴을 모르는 것도 아니고 편의는 봐 드릴게요. 최대한 시간을 끌어 보겠습니다."

"감사합니다."

인사를 온다고 피고에게만 명함을 돌리는 건 아니다. 아 다르고 어 다른 게 법률의 세계다. 그리고 그 바탕이 되는 기록은 형사들이 만들기에 어지간하게 썩은 인간이 아닌 이상 친하게 지내는 게 좋다. 그래서 가끔 와서 개인적으로 음료수라도 건네면서 인사한 것이다. 그리고 그 덕분에 이런 혜택도 누렸고 말이다.

"감사는요, 무슨. 솔직히 남자의 입장에서 그리고 수사관의 입장에서 이런 사건을 보면 지랄 같다니까요."

강간범이 도리어 영웅을 처벌하겠다고 난리 치는 세상이라니.

"일단 나가 보세요."

"네. 석규 씨, 나갑시다."

"네? 진짜로요?"

"네, 자세하게 이야기해 보죠."

노형진이 그를 데리고 나가자 바깥에 있던 강건마가 소리를 버럭 질렀다.

"어? 뭐야? 풀어 주는 거야? 대한민국 경찰이 그러면 안 되지!"

"더러우면 그쪽도 변호사 사서 오세요."

노형진이 그런 그를 향해 퉁명스럽게 말을 던지자 그는 찍 소리도 못 했다. 전형적으로 강한 자에게 기는 타입인 것이다.

노형진은 그를 데리고 일단 근처의 커피숍으로 향했다. 그러고는 자세한 사정을 들었다. 결과적으로 형사가 한 말이 사실이었고 그 과정이 자세하기는 할지언정 특별히 달라진 건 없었다.

"그 여자는 아는 분이 아닙니까?"

"아는 사람이라면 이 고생도 안 하죠. 처음 보는 사람이라서요."

'지랄 같다.'

이러면 더 곤란해진다. 아는 사람이 아니면 더 찾기 힘들어지기 때문이다.

"일단은 말입니다. 정식으로 저한테 수임을 하셔야 합니다."

"네? 하지만 어머니가 아까 맡기셨다고."

"그건 동석까지만이구요. 수임을 하시려면 정식 수임 계약을 해야 합니다."

그 말에 문석규는 입을 다물었다. 300만 원. 운동을 하는 선수에게는 작은 돈이 아니다.

"일단 12개월 할부로 해 드리죠."

"네? 카드를 받아 주신다고요?"

"뭐, 못 받을 이유라도 있습니까?"

"하지만……."

"다른 사람들이 안 받는 건 내 알 바 아니죠."

다른 사람들은 세금을 탈루하기 위해서 카드를 가능한 한 안 받으려고 한다. 하지만 노형진은 그럴 생각이 없다. 절세와 탈세는 전혀 다른 문제니까.

"일단 정식으로 일을 맡기셔야 제가 일할 수 있습니다. 그리고 노파심에서 하는 말인데. 다른 사람은 못 찾아요. 하지만 제게는 일말의 가능성이 있습니다."

"가능성?"

"그건 비밀입니다."

노형진의 말에 문석규는 고민하다가 고개를 끄덕였다. 당장 300만 원이 아까워서 아무것도 하지 않는다면 그의 인생 자체가 파멸될 상황인 것이다.

⚖

"여긴가?"

정식으로 계약한 노형진은 그 장소로 향했다. 드문드문 있는 가로등. 어두운 놀이터 뒤쪽에 있는 작은 숲. 아니나 다를까, CCTV 같은 건 보이지도 않았다.

"작심하고 온 거네."

여기까지 피해자를 끌고 온 건 작심했다는 뜻이다. 그렇다면 납치 장소가 어디든 그곳에도 증거가 남지는 않았을 거라는 뜻이다.

"이 자리였다는 거지?"

노형진은 강간이 벌어지던 장소에 손을 대고 기억을 읽기 시작했다. 그러자 머릿속으로 밀려들어 오는 공포.

"우에에엑!"

그걸 읽어 내던 그는 자신도 모르게 구역질이 나서 영사를 그만두고 구석에서 토악질을 했다.

"헉헉, 이런 미친 새끼."

여자의 절망감, 두려움. 그걸 읽어 내니 속이 뒤집히는 기분이었다. 그런데 그걸 즐기기 위해서 강간하다니.

'확실히 여자가 불쌍하기는 하지만.'

이런 걸 기억하고 싶지 않으니 도망쳤을 것이다. 하지만 그건 그거고 이건 이거다. 무섭다고 해서 책임조차 피할 수는 없는 노릇. 하물며 자신의 미래를 걸고 도와준 사람을 말이다.

"근데 이건 꽝이네."

솔직히 기대하긴 했다. 그 여자가 누군지, 어디에 사는지 사이코메트리로 찾을 수 있을 것이라 생각했다. 하지만 생각지도 못한 문제로 그럴 수가 없었다.

"감각의 압도라……."

개인 정보에 관련된 모든 것이 여자의 공포와 두려움에 압도되어 사라진 것이다. 하긴, 누가 그 상황에서 자신의 개인 정보를 떠올리고 있을까?

"이러면 곤란한데."

자신의 능력을 믿고 찾을 수 있으니 수임하겠다고 했는데 기억 속에 아무것도 없다면 찾을 수 있을 리가 없다. 다른 변호사와 별반 다르지 않게 된 것이다.

'이런……. 이게 만능은 아니구나.'

과거의 기억을 찾아내기만 한다면 뭐든 해결할 수 있을 것이라 생각했던 노형진은 당황할 수밖에 없었다.

'극단적 현장에서는 이런 현상도 나타날 수 있구나.'

특정 감정에 압도되어 모든 기억이 사라지는 현상이라니.

"어쩌지……."

자신이 아무리 잘났다고 해도 아무런 흔적도 없이 그녀가 누군지 찾을 수는 없었다.

"탐문 수사는 완전 꽝이었고."

혹시나 하는 기대감에 주변을 먼저 탐문했지만 그런 여자가 있을 만한 공간이 아니었다. 하긴, 밤에 홀로 운동하는 문석규가 아니었다면 이 밤중에 누가 여기를 오겠는가? 그나마도 보통 때는 태릉선수촌에 있는데, 그날은 집에 온 날이라 밤에 몸을 풀려고 나간 거라고 하니.

'강간범의 입장에서는 날벼락인 셈인 건데.'

그렇다면 실질적으로 여자를 찾는 건 불가능에 가깝다는

뜻이다.

"젠장, 내가 무슨 점쟁이도 아니고 실마리도 없는데 어떻게 찾아?"

워낙 순식간에 일어난 일이라 심지어 문석규조차 여자의 얼굴을 모른다고 하니.

"하아…… 어떻게 찾는…… 잠깐만……."

노형진은 실마리가 생긴 느낌이 들었다. 아주 찰나지만 뭔가 자신의 머리를 스치고 지나갔다. 그렇게 그곳에서 한참을 고민하던 그는 드디어 그게 뭔지 생각이 났다.

"맞아, 강간범은 대개 그 여자를 알잖아?"

사람들의 잘못된 상식 중 하나. 그건 강간범과 피해자가 서로 초면이라는 것이다. 그러나 현실에서는 강간범의 70% 이상이 구면이다. 설령 여자는 강간범이 초면일지라도 강간범은 주도면밀한 관찰을 통해 여자에 대해 잘 알고 있는 사람일 수 있다는 것이다.

'그리고 보면 이상하지?'

사람이 없는 공간. 동선. 모든 게 완벽하게 준비되어 있었다. 즉, 이 강간은 준비된 강간이라는 것. 절대 지나가다가 갑자기 '아, 저 여자를 강간해야겠다.'라는 생각이 들어 일을 벌인 게 아니라는 뜻이다.

'그 녀석이 안다?'

이는 즉, 그 녀석의 동선과 그 여자의 동선에 접점이 있다는 것.

"근데…… 어떻게 조사하지?"

그 강간범에게 가서 '피해자가 누군지 말해 주십시오.'라고 한들 이야기해 줄 리 없다. 그렇다면 방법은 하나뿐.

⚖

"뭐?"

노형진의 부탁에 송정한 변호사는 깜짝 놀랐다.

"그런 사건을 해결하겠다고?"

"네, 왜요?"

"아니, 우리한테도 그런 사건이 몇 번 들어왔는데…… 솔직히 못 했거든."

여자를 찾을 방법이 없다. 이름도 모르는 사람을 찾는 게 쉬운 일도 아니거니와, 법적인 강제력도 없는 변호사라 주변 CCTV를 뒤져서 찾을 수도 없다.

"더군다나 한 번은 어찌어찌 찾았는데 그쪽에서 증언을 거부했어. 결국 처벌받았지, 뭐."

"그러니까 도와 달라는 거죠. 아무래도 이번 건 저 혼자 할 수는 없으니까요."

"음…… 확실히 그런 스킬이면 탐나긴 하네."

그런 사건이 한두 건이 아니다. 오죽하면 인터넷에서는 어

떤 상황에서도 여자를 도와주지 말아야 한다는 이야기까지
나오고 있었다.

"요즘 여자들이 진짜 생각이 있는 건지, 없는 건지…….
끄응……."

얼마 전에는 어떤 여자가 물에 빠지자 구조해 주고 심폐
소생술에 인공호흡까지 해 준 남자가 여자에게 고소당하는
사건도 있었다. 성추행을 했다면서 말이다. 문제는 그런 사
건이 의외로 많다는 것. 그 덕분에 여자가 물에 빠지면 구조
하기 전에 신체 접촉 허가서라도 받아야 한다는 우스갯소리
가 나온다.

"그래서, 해 보겠다?"

"네."

"뭐, 우리야 좋지. 안 그래도 투자 조건이 그거니까."

실전적인 스킬의 전수. 노형진은 조사 지원을 받아서 좋고
그들은 실전적 스킬을 배울 수 있어서 좋다.

"그럼 여자로 보내 줄까?"

"아뇨. 남자로."

"뭐? 하지만 상대방은 여자인데?"

"그래서 남자입니다."

척 봐도 좋게 말해 봐야 증언하지 않으려고 할 가능성이
높다. 그렇다면 다른 방법을 써야 한다.

"그럴 때는 부드럽게 생긴 여자보다는 남자가 좋지요. 가

능하면 살벌하게 생긴 애로 부탁해요."

"살벌? 하하, 딱 한 명 있지. 기다려, 한 명 보내 줄 테니."

'이게 변호사야, 산적이야?'

자신의 사무실로 찾아온 남자를 보고 노형진은 입을 쩍 벌렸다.

"안녕하십니까! 무태식이라고 합니다!"

당당하게 자기를 소개하는 건 좋은데 누가 봐도 변호사보다는 범죄자에 가깝게 생겼다.

"반갑습니다. 노형진입니다. 이야기는 들으셨죠?"

"네! 기대 중입니다!"

무태식은 민시아와 동기다. 그런데 어느 순간 파견 근무를 하고 온 민시아의 법적 통찰력이 엄청 늘어나서 내심 부러워하고 있었다. 누군가에게 배웠다고 하니 자신도 배우고 싶었지만 그 사람이 군대에 가서 안 된다고 들었다. 그런데 드디어 기회가 온 것이다.

"차는 가지고 오셨습니까?"

"네! 기름 만땅입니다."

"좋습니다. 일단 우리가 하는 건 추적이니까 절대로 걸리면 안 됩니다."

"네!"

노형진은 바깥으로 났다. 예상대로 차는 흔해 빠져 국민차라 불릴 만한 차량이다. 딱히 기억에 남는 포인트도 없는 그저 그런 차량.

'좋았어.'

미행은 원래 불법이지만 변호사란 의뢰인의 승리를 위해 싸우는 존재. 사소한 불법까지 다 신경 쓰면 누구도 이기지 못한다.

"자, 갑시다."

강건마는 노가다를 하는 인간이다. 하긴, 어떤 회사에서 강간 2범을 사용하겠는가? 그래서 새벽 일찍 나가서 일하고 들어왔다. 그 때문에 노형진은 피곤한 몸을 이끌고 더 일찍 집에서 나와야 했다. 그리고 노형진을 데리러 와야 하는 무태식은 아예 오밤중에 나와야 했다.

"피곤하네요."

"그렇습니다."

"이따가 저 녀석이 노가다 하러 가면 찜질방에 가서 한숨 잡시다."

"그래도 됩니까?"

"어차피 그동안 저 녀석은 아무것도 못 하니까요."

노가다 하러 들어가면 중간에 나오지도 못하고 하루 종일 일만 하다가 나온다. 그렇다고 노가다 현장에 자신들이 들어갈 수는 없는 노릇이다. 그러니 할 게 없었다.

"그나저나 이렇게 해서 찾을 수 있을까요?"

"기대해 봐야지요."

일단 하는 짓거리를 봐서는 분명 어딘가에 그 강간 피해자와의 접점이 있는 게 분명하다. 그렇지 않다면 그렇게 확실하게 준비했을 리가 없다.

"어?"

그런데 오늘은 평소와 달랐다. 한 명 두 명 사람들이 뽑혀 가는데 그는 아니었던 것이다.

'드디어인가?'

드디어 그가 나가지 않는 날이 온 것이다.

사흘 동안 지켜본 결과, 그는 힘이 넘치는 20대라서 노가다를 가면 충분히 대접받는 것 같았다. 그러다 보니 그의 동선도 확인하지 못했다. 그런데 드디어 그가 일을 잡지 못한 것이다.

"움직입니다."

"조용히 따라갑시다."

완전히 비어 버린 대기소. 그는 그곳에서 한참 있더니 천천히 움직이기 시작했다.

"어디로 갈까요?"

"글쎄요……. 일단 피해자 주변으로 가기를 기도해 봅시다."

저 녀석은 분명 피해자 주변으로 갈 것이다. 지금 상황에서 중요한 것은 피해자의 입을 막는 것이니까. 그런데 이상했다. 그는 그저 길바닥에서 허송세월하는 게 아닌가?

"뭐지?"

이리저리 돌아다니다가 아이스크림 하나 사 먹고 집 안으로 들어간 게 다였다.

"뭐야?"

"끝입니까?"

누구를 감시하는 것도 아닌데 그냥 그렇게 하루를 보낸 것이다.

'설마…….'

피해자에게 가지 않았던 것일까?

'그럴 리가 없는데?'

분명 피해자를 겁주러 갈 거라 생각했는데 그냥 시간만 죽이다가 일찌감치 집에 들어가 버린 것이다.

"뭐지?"

"다시 나오지 않을까요?"

"그럴지도 모르겠군요."

노형진은 무태식의 말에 고개를 끄덕거렸다. 아침 일찍 나왔으니 피곤할 수도 있다. 그렇다면 좀 쉬었다가 다시 나올 수도 있다. 그렇게 생각한 그들은 적당한 위치에 자리를 잡았다.

"기다려 봅시다. 일단 뭐가 있겠지요."

하루, 이틀, 사흘, 나흘……. 시간이 지났지만 그의 행동 패턴은 바뀐 게 없었다. 노가다가 잡히면 노가다를 뛰고 노가다가 잡히지 않으면 집에서 빈둥거린다.

'뭔가 놓치고 있어……. 분명해.'

피해자에게 겁주지 않고 조용히 산다? 그건 힘들다. 지금 당장 그녀가 나타나면 그는 감옥으로 가게 되기 때문이다.

'걸렸나? 그럴 리가 없어.'

매일같이 차를 바꿔 타고 있고 옷도 바꿔 입고 있다. 전문 가라면 모를까, 저런 아무것도 모르는 강간마가 그걸 알아챌 것 같지는 않다. 그렇다면 남은 것은 단 하나. 자신들이 뭔가를 놓치고 있다는 것.

'그 여자도 이제는 알 텐데.'

강간 전에야 강건마만 여자에 대해 알고 있을 수도 있다. 하지만 실패했다곤 해도 얼굴을 봤으니 접점이 있다면 어디선가 이상행동을 보이는 여자가 있어야 했다. 하지만 그런 여자는 없었다.

'도대체 뭐냐……. 뭘 놓친 거냐?'

분명 사건은 벌어졌다. 절대 자신이 착각하거나 문석규가 거짓말한 게 아니다. 그런데 어떻게 아무렇지도 않게 군단 말인가?

'뭔가를 놓치고 있어……. 뭔가를.'

노형진은 작전을 바꾸기로 했다.

"이번에는 작전을 바꿉시다."

"네? 감시하지 않는 건가요?"

"아닙니다. 감시는 계속합니다. 하지만 전 저 녀석의 동선에 따라서 움직이겠습니다."

그 말에 무태식은 고개를 끄덕였다.

그다음 날부터 그들의 행동은 바뀌었다. 그가 일을 구해서 나가지 못할 때는 전처럼 따라다녔지만 일을 구해서 나갈 때는 노형진은 그 자리에서 내려서 그의 일정에 맞게 그 길을 따라 움직였다.

'벌써…… 사흘째. 아무것도 없어.'

경찰서에서도 빨리 좀 해 달라고 연락이 왔다. 증거도, 증인도 없는 상황이니 고소를 처리할 수밖에 없기 때문이다.

'일이 없으면…….'

그곳에서 잠시 쉬었다가 집으로 걸어간다. 가다가 편의점에 아이스크림 하나를 사 먹고 근처 만화방에 들러 만화책을 빌려서 집으로 간다. 그게 일상이다.

'편의점? 편의점은 아니야.'

편의점 직원은 여자이기는 하지만 그를 보고도 아무런 느낌도 없이 그냥 계산만 할 뿐이다. 만화방? 그쪽도 아니다. 그쪽 직원은 남자이기 때문이다. 혹시나 이전에 여자 직원이 있었는데 최근에 일을 그만뒀나 하는 생각에 물어봤지만 둘 다 여섯 달 이상 근무한 장기 근무자다.

'그럼 누구란 말이야?'

아무리 생각해도 여자와 접점이 없었다.

'설마 아예 관심이 없는 건가?'

하지만 그건 치밀하게 준비하는 저 녀석과 전혀 어울리지 않는다. 그럴 리가 없다.

'뭔가 있어……. 뭔가…….'

아이스크림을 먹으면서 계속 생각에 잠기는 노형진. 그때였다, 스치고 지나가는 목소리가 그의 정신을 퍼뜩 깨운 건.

"선생님, 안녕하세요!"

"안녕?"

아이들의 목소리. 그쪽으로 무심결에 고개를 돌린 노형진은 그제야 아차 싶었다.

'이쪽에서 다가간 게 아니었어. 저쪽에서 시간에 맞춰서 온 거였어!'

단순히 이쪽에서 접근한 거라 생각했지만 그게 아니었던 것이다. 이쪽에서 기다리면 그 여자는 그 시간에 나타나는 것이다. 아니, 나타날 수밖에 없었다. 어린이집 버스에서 내려 아이들을 태우는 사람들. 그들은 선생님이었던 것이다.

어린이집 선생님. 그들은 정해진 시간에 아이들을 데리러 가야 한다. 보통 시간이 오전 8시 반에서 9시 사이. 강건마가 일을 놓치고 나와서 그곳에 도착하면 비슷한 시간이 된다.

'어쩌지.'

접근하는 여자가 있는 게 아니라 여자가 그 시간에 지나갈 수밖에 없는 것이다. 그곳에 잠깐 있었던 것만으로도 여자는 남자의 존재를 알아챌 수밖에 없었다.

"눈치가 빠르십니다."

무태식은 깜짝 놀랐다. 아무리 생각해도 그런 것까지 생각할 줄이야.

"우리가 실수한 겁니다. 여자한테 접근할 거라 생각한 거죠. 요즘은 여자가 먼저 움직여야 하는 경우가 많은데 말이죠."

중요한 건 자신이 보고 있다는 사실을 알려 주는 것이지, 대화하거나 함께 시간을 보내는 게 아니니까.

"근데 증언하려고 할까요?"

"모르죠."

가능성은 두 가지다. 사건이 벌어지고 난 뒤의 상황이 궁금하지만 그쪽 역시 사건에 접근할 수 있는 상황이 아니니 모를 수 있는 것. 다른 하나는 아예 관심도 없는 것.

"어느 쪽이든 증언을 시켜야 합니다."

노형진은 멀어지는 노란색 어린이집 버스를 보면서 중얼거렸다.

착할 수만은 없다

　어린이집을 찾는 것은 어렵지 않았다. 버스에 어린이집 전화번호와 이름이 붙어 있으니까. 그리고 그곳에서 어떤 선생님인지 찾는 것도 어렵지 않았다. 아침에 얼굴을 봤으니까. 문제는 그녀가 어떻게 나오느냐는 것.

　"그나저나 우리 김 선생이 무슨 잘못이라도?"

　원장은 노형진과 무태식의 눈치를 봤다. 한 명도 아니고 두 명이나 되는 변호사가 선생님을 찾아왔다는 사실이 내심 꺼림칙한 모양이다.

　"아, 잘못하신 건 아닙니다. 그냥 도움을 청할 게 있어서요."

　"도움?"

　"법적인 거라 말씀드리기 좀 그러네요."

"아, 네……."

원장은 노형진의 부탁을 잘 들어줬다. 하긴, 그게 변호사의 위력이다.

잠시 후 문이 열리면서 한 명이 안으로 들어왔다.

"아, 김 선생, 이분들이 뵙자고 하시네."

"네? 누구신데요?"

"글쎄, 나도 모르겠네. 법적인 문제라는데?"

"법적인 문제?"

뭔가 꺼림칙한 모양이다. 하긴, 대부분의 사람들은 법적인 문제라고 하면 거북해하니까.

"일단 우리가 이야기하겠습니다. 아무래도 예민한 부분이 있으니 원장님은 자리를 좀 비워 주셨으면 하는데요."

"네? 아, 네."

슬쩍 바깥으로 나가는 원장. 그걸 본 노형진은 그 선생님을 바라봤다.

"성함이?"

"제 이름도 모르고 오신 거예요?"

"이름은 모르지만 어떤 사건인지는 압니다."

"어떤 사건?"

"아이스크림 남자라고 하면 아실까요?"

그 말에 여자의 눈이 확 커지면서 온몸이 바들바들 떨리기 시작했다. 그걸 보고 노형진은 확신했다, 이 여자가 맞다고.

"지난번에 ○○동에 가셨죠?"

"아…… 아뇨…… ."

"확실하십니까? 한번 피해자분을 데리고 올까요?"

그 말에 얼굴이 창백해지는 여자.

"솔직히 말씀드리죠. 지난번 사건 때 도와주신 남자분이 폭행으로 잡혀가셨습니다."

"폭행?"

"강간범이 강간하려는 거 막으려고 그 녀석을 때렸는데 그 녀석이 폭행으로 고소했습니다."

"…… ."

그 말에 입을 다무는 여자. 그녀는 그곳에서 벗어나기 위해서 무조건 뛰기만 했다.

"증언 좀 해 주십시오. 제 의뢰인이 잘못한 것도 아니고 당신을 구해 주셨는데 이런 꼴을 당하는 건 아니지 않습니까?"

어려운 일도 아니다. 그저 와서 몇 마디 진술만 하면 된다.

"힘드시면 이 근처 다른 경찰서에서 진술하셔도 됩니다. 제가 도와 드리죠."

"하지만 직장이…… ."

"퇴근 시간 이후에도 가능하십니다."

어떻게 해서든 그녀의 증언을 받아야 한다. 그래야 의뢰인의 안전을 확보할 수 있다. 그런데 그다음에 들은 말은 상상 이상으로 어이없었다.

"죄송합니다. 더 이상 생각하고 싶지 않습니다."

"네?"

"전…… 지금도 두렵습니다. 그날 밤만 생각하면 잠도 못 자구요. 그 녀석이 아침마다 그곳에서 날 뚫어져라 보는 걸 아는데 어떻게 증언을 합니까……. 죄송합니다. 못 하겠습니다."

"하지만 이대로 가면 우리 의뢰인의 인생은 끝장 납니다. 모르시겠지만 그분은 태권도 국가 대표입니다. 폭행으로 잡혀갈 경우, 국가 대표 자격을 박탈당할 뿐만 아니라 격투기 선수이기 때문에 가중처벌까지 받습니다."

어떻게 해서든 그녀가 한 번만, 한 번만 증언해 주면 된다. 수십 번도 아니고 단 한 번만. 하지만 그녀는 단호했다.

"죄송합니다. 전 생각이 없으니 찾아오지 말아 주세요."

"김화란 씨!"

"절 찾지 마세요! 증언하지 않을 테니까요."

표독스럽게 외치고 나가는 그녀를 본 노형진은 어이없었다.

"헐?"

"에효…… 거봐요. 우리도 여기까지 왔다가 막혔다니까요."

비슷한 사건이 들어왔을 때 무태식, 아니 새론에서 어찌어찌 여자를 찾는 데에 성공했다. 다행히 근처에 살고 있었던 것이다. 하지만 여자는 증언을 거부했고 결국 남자는 처벌받았다.

"이래서는 우리도 방법이 없는데요?"

보아하니 절대로 증언할 생각이 없어 보였다. 그렇다면 자신들이 할 수 있는 건 없는 것이나 마찬가지.

"강제로 목줄을 매서 끌고 가야겠네요."

"어떻게 강제로 목줄을 매서 끌고 갑니까? 그런다고 증언할 것도 아니고."

"증언하지 않는다면 하게 만들어야 합니다."

"무슨 수로요? 그게 가능하면 그때 우리가 고생했겠습니까?"

그게 가능할 리가 없기에 무태식은 고개를 흔들었다. 아무리 설득해도 안 되는 건 안 되는 거다. 그때도 수십 번은 찾아가서 설득했지만 그 여자는 요지부동이었다.

"그렇다면 그 여자의 목에 칼을 들이밀어야지요."

"네? 아니, 무슨 말씀을 하시는 건지?"

"여자의 목에 칼을 들이밀어야겠습니다. 이렇게까지 하고 싶지는 않았습니다만."

노형진은 이를 빠드득 갈았다. 변호사로서 극단적인 방법을 쓰는 걸 원하지는 않았지만 그쪽에서 그런 식으로 나온다면 이쪽에서도 어쩔 수 없었다.

⚖

"소송입니까?"

소송장을 받은 무태식은 입을 쩍 벌렸다.

"그렇습니다."

물론 형사는 안 된다. 하지만 민사는 가능하다. 증언거부로 인해 입은 손해에 대한 소장을 접수한 것이다.

"이거…… 이길 수 있을까요?"

지금까지 한 번도 해 본 적도 없는, 전례가 없는 소송이었기에 무태식은 어리둥절했다.

"어차피 민사라는 게 정해진 규칙이 없는 소송이니까요. 그러니 넣을 수 있습니다."

"아니, 문제는 이걸 이길 수 있느냐는 거죠."

전례가 없다. 더군다나 증언하는 것이 법적인 책임인 것도 아니다. 그러니 이길 수 있을지는 아무도 알 수 없는 것이다.

"아, 이건 이기려고 하는 소송이 아닙니다."

"이기려는 소송이 아니다?"

"네, 칼을 들이밀려고 하는 소송이죠. 이기면 좋고 져도 상관없는."

"네? 하지만 변호사의 최고 덕목은 승리라면서요?"

"뭐, 10보 전진을 위한 1보 후퇴라고 해 둡시다."

노형진은 소장의 작성을 끝내고 탁탁 두들기면서 말했다.

"어디 한번 어디까지 견디나 두고 봅시다."

⚖

노형진은 소장을 넣었고 그건 즉시 김화란에게 전달되었

다. 그걸 받아 든 김화란은 깜짝 놀라서 전화했다.

"이게 무슨 짓이죠?"

"보다시피 손해배상입니다."

"손해배상? 내가 무슨 짓을 했다고요?"

"사실을 알고도 그걸 증언하지 않아서 우리 측 피고가 손해를 입었으니까요."

"이런다고 내가 증언할 것 같아요? 그날 일은 기억도 하기 싫다구요!"

전화기에 대고 소리를 버럭 지르는 김화란. 하긴, 일반적으로 그런 일을 기억하고 싶어 하는 여자가 어디 있을까? 하지만 자기가 기억하기 싫은 것과 도의적으로 책임을 다하는 것은 다른 일.

"기억하기 싫다고 해도 한 사람의 미래가 달린 일입니다. 그냥 증언해 주십시오."

"웃기지 마요! 난 죽어도 증언하지 않을 테니까! 소송을 하든 뭘 하든 마음대로 하세요!"

철컥 소리를 내면서 전화를 끊는 여자.

"거봐요. 안 된다니까요."

무태식은 그걸 보면서 입을 다물었다. 소송당했다고 쪼르르 와서 증언할 리 없는 게 당연한 일.

"이 정도는 예상했습니다."

"예상했다구요?"

"네, 일단…… 문석규 씨 사건은 정식 재판으로 넘겨야겠
군요. 저쪽에서 증언할 때까지 말입니다."

"그런다고 할까요?"

"할 겁니다. 제가 하게 만들 겁니다."

노형진의 눈에서는 분노가 이글거렸다.

⚖️

드디어 시작되었다. 판사도 이런 재판은 처음인지라 좀 당
황한 듯했다.

"그러니까 피고가 증언해 주지 않아서 원고가 형사처벌을
받게 되었으니 그 손해배상으로 2억을 지급하라 이겁니까?"

"그렇습니다."

"이거 참……."

묘한 재판이었기에 판사는 뭐라고 할 수가 없었다. 하지만
어찌 되었건 재판이 시작되었으니 자신은 판결을 내려야 한다.

"일단…… 후우, 원고 측 증인. 원고 앞으로 나오세요."

문석규는 깜짝 놀랐다. 자신이 부탁하기는 했지만 다른 사
건까지 만들게 될 거라고는 생각하지 못했던 것이다.

"증인."

"네."

"이번 사건의 객관적인 사실을 위해서 그 당시 있었던 일

을 상세하게 이야기해 주겠습니까?"

"네, 그러니까 저는 그 당시에……."

그날 있었던 일을 하나부터 열까지 상세하게 말하기 시작하는 문석규. 그리고 그 말을 들을 때마다 고개를 점점 숙이는 김화란.

'뭐? 기억하기 싫어? 누가 이기나 두고 보자.'

기억하기 싫다는 이유로 한 번의 증언을 거부한다면 그 기억을 열 번이고 백 번이고 까먹지 못하게 머릿속에 박아 주면 되는 것이다. 이렇게 재판에 나올 때마다 증언석에서 증언을 들을 때마다 그녀의 기억은 새롭게 떠오를 테니 잊는 것은 불가능해질 것이다.

"피고 측, 질문 있습니까?"

"어…… 없습니다."

없을 수밖에 없다. 틀린 말을 한 것도 아닌 데다가 상대방에게는 변호사도 없다. 사람들이 착각하는 게 모든 사건에는 변호사가 필수라고 생각한다는 것이다. 하지만 형사는 의무적으로 변호사가 있어야 하는 반면, 민사는 그렇지 않다. 그리고 게다가 결정적으로 김화란은 변호사를 살 돈이 부족했다.

"그럼 피고 측은 할 말이 없습니까?"

"재판장님, 전 가녀린 여자입니다. 그 사건을 한번 떠올릴 때마다 소름 끼치고 무섭습니다. 지금도 밤마다 잠을 이루지 못합니다. 그런데 어떻게 그런 무서운 일을 반복해서 기억하면서 증언하라는 말입니까?"

이길 자신이 없으니 감정에 호소하는 김화란. 그녀가 눈물까지 흘리자 심지어 문석규까지 왠지 미안해하는 것 같았다.

"꼭 이래야 합니까?"

"여기 재판정에서 우는 사람이 한두 명인 줄 아십니까?"

"네?"

"여기서 흘리는 눈물은 아무런 가치도 없습니다. 여기서 질질 짜 봐야 아무런 의미도 없지요. 이 재판정에서 눈물만 모아도 하루에 10리터는 나올 겁니다."

"그런가요?"

"자기 사정요? 아무리 자기 사정이 다급하더라도 남의 사정 정도는 봐줄 줄 알아야지요."

단순히 자기가 편하자고 증언을 거부했다. 물론 지금은 아닐 것이다.

'웃기는군.'

증언하는 쪽보다 재판하는 쪽이 더 시간을 잡아먹는 건 당연한 일. 그럼에도 불구하고 그녀는 재판이 시작되었는데도 증언을 거부했다. 오기였다, 절대로 하지 않겠다는.

'기가 막히는군.'

매일같이 협박하려고 찾아가는 강간범한테는 찍소리도 못하면서 자신을 구해 준 사람에게는 오기를 부린다는 게 노형진은 도무지 이해가 가지 않았다. 하지만 당연한 것이다. 그는 무섭고 이쪽은 무섭지 않기 때문이다.

'그렇게 나온다면 이쪽도 한번 제대로 해 주도록 하지.'

결국 그녀는 아무런 말도 하지 못하고 재판을 끝내야 했다. 하긴, 무슨 말을 하겠는가? 전부 사실인데 말이다.

⚖

두 번째 재판 날짜가 다가오고 있었다. 노형진은 두 번째 재판쯤에서 끝낼 생각이었기에 몇 가지 서류를 준비하고 있었다.

따르릉.

"네, 노형진 변호사 사무실입니다."

"야."

"누구신지?"

"너 이 개새끼, 뒈지고 싶지?"

"누구십니까?"

"너 변호사라고 간땡이가 부었지?"

"누구십니까?"

하지만 상대방은 이름을 말하지 않았다. 그 대신 온갖 욕설을 해 대기 시작했다.

"야, 이 씨발 놈의 새끼야, 너 한 번만 내 여친한테 그딴 식으로 굴면 아가리를 찢어 버린다. 알았냐? 꼴에 변호사라고 깝치고 다니는 모양인데. 내가 애들을 풀면 어떻게 되는 줄 알아? 너 하나 묻어 버리는 건 일도 아니야, 이 개잡놈아!"

"여기 변호사 사무실입니다. 전화로 이러시면 곤란합니다."

"뭐? 이 새끼 봐라. 아직도 정신 못 차렸지? 당장 화란이 소송 취하하지 않으면 너랑 네 가족들 가랑이를 확 찢어서 개밥으로 던져 줄 거야! 알았냐!"

"이봐요. 당신 누구야?"

"내가 누구면 뭐, 어쩔 건데, 이 씨발 새끼야! 당장 화란이한테서 손 떼, 이 개잡놈아!"

말을 마치기 무섭게 전화를 끊어 버리는 남자.

노형진은 '뚜' 소리가 나는 전화기를 바라보았다. 협박이었다. 그렇다, 협박. 자신에게 하는 확실한 협박.

"하아."

그는 전화기를 내려놓았다.

"도대체 세상은 넓고 병신은 왜 이리 많냐?"

그가 내려놓은 전화기에는 발신 번호 표시가 제한되어 있었다. 나름 머리를 쓴 것이다. 그러나 상대방은 노형진이었다. 그는 여분의 메모리 카드를 꺼내서 녹음된 통화 내역을 옮겼다.

⚖

"저 사람은 누굽니까?"

팔에 포승줄을 차고 들어가는 사람을 본 무태식은 고개를 갸웃했다. 고개를 푹 숙이고 들어가는 남자는 완전히 죽을상이었다.

"김화란의 남자 친구일 겁니다, 아마."

"네?"

순간 멍한 얼굴이 되는 무태식. 아니, 도대체 이 재판이 뭐기에 김화란의 남자 친구가 등장한단 말인가?

"협박을 하더라구요."

"협박?"

"네."

노형진에게 전화해서 협박한 사람은 다름 아닌 김화란의 남자 친구였다. 그는 나름 머리를 쓴다고 발신번호 표시 제한 기능을 이용해 전화했지만 그거야 전화국에 문의하면 바로 번호를 알려 주니 소용없다.

노형진은 그 번호와 녹음된 내용을 가지고 경찰에 바로 협박에 대해서 신고했고, 경찰은 순식간에 해당 사건을 처리했다. 그럴 수밖에 없는 게, 어떤 나라든 사법에 대한 공격은 추후 큰 문제가 되기 때문이다. 변호사, 판사, 검사 같은 사람들이 협박당해서 제대로 재판이 이루어지지 않을 경우 사법 체계가 붕괴되기에 그런 법률 관련 근무자에게 협박한 자에 대한 처벌이 엄청 강하다. 아니나 다를까, 번호와 증거까지 확인되자 그는 바로 구속되어 버렸다.

"근데 왜 온 겁니까?"

"김화란에게 멘붕이 뭔지 한번 뼈저리게 느끼게 해 주려고요."

"멘붕?"

'아…… 아직은 멘붕이라는 단어가 없나?'

"그런 게 있습니다. 이따가 기대하세요."

노형진은 웃으면서 안으로 들어갔고 잠시 후 재판이 시작되었다. 평소와 다를 바 없는 재판이었다. 노형진은 그날 있었던 일을 하나부터 열까지 소소하게 이야기하면서 그녀의 기억을 확실하게 재각인시켜 줬다. 당연하게도 김화란은 아무런 말도 하지 못하고 있었다.

'일이 이렇게까지 될 거라고는 생각하지 못하겠지?'

그녀의 얼굴은 불안한 기색으로 가득했다. 하긴, 자기 편하자고 모르는 척했는데 갑자기 일이 생각보다 커졌으니 불안해지는 게 당연하다.

"다음 증인으로 김화란 씨의 남자 친구를 부르겠습니다."

남자 친구라는 말에 깜짝 놀라서 고개를 번쩍 드는 김화란. 그런 그녀의 눈에 들어온 것은 파란 수의를 입고 수갑을 차고 들어오는 자신의 남자 친구였다.

"덕칠아!"

벌떡 일어나는 김화란.

"피고, 여기는 법정입니다. 자리에 앉으세요."

법원 경비의 말에 안절부절못하면서 자리에 앉는 그녀.

이것이 법이다

'흠, 사주한 건 아닌 것 같군.'

끼리끼리 논다더니, 그녀의 남자 친구가 우발적으로 저지른 일인 듯했다. 물론 사건은 이미 벌어졌지만.

"피고의 남자 친구 이덕칠은 원고 측 변호인을 상대로 사건의 취하를 요구하며 협박한 죄로 구속 상태로 수사 중인 점, 양해 부탁드립니다."

그건 다른 사람이 아닌 김화란이 들으라고 한 소리였다. 그리고 그 말을 들은 화란의 얼굴이 창백하게 변했다.

"그래서 무슨 일이 벌어졌는지 알고 있습니까?"

"네."

"무슨 일이죠?"

"어떤 변호사가 자기를 말도 안 되는 건으로 고소했다고……."

"그럼 자세한 사정은 못 들으셨겠네요?"

"네."

그저 누군가 돈을 뜯어낸다고 생각했다고 한다. 그래서 협박했고. 물론 애들을 푼다 어쩐다 한 것은 거짓말이었다. 평범한 백수였으니까.

"그럼 이번 사건에 대해서 전혀 모르십니까?"

"네, 모릅니다. 그냥 돈을 뜯어내려고만 한다고……."

"그럼 피고가 강간당할 뻔한 걸 구해 줬더니 증언을 거부해서 그 구해 준 사람이 엄청난 피해를 입을 수도 있게 되었다는 사실을 몰랐다는 뜻이네요?"

그 말에 남자는 고개를 번쩍 들었다. 대번에 무슨 상황인지 알아챈 것이다. 그리고 그의 눈에서 분노의 빛이 떠올랐다.

'나이스. 이제는 전 남친이구나.'

이런 사건은 모든 남자들이 분노하는 일인 데다가 사회적으로 문제가 된다며 인터넷상에서 몇 번이나 언급되었던 것이기도 했다. 그런데 그런 당사자가 자기 여친이라니. 그런 여자 때문에 자신이 구속되어 전과를 달다니. 자신에게 누군가 돈을 갈취한다고 거짓말만 하지 않았으면 전화하지도 않았을 것이다.

"너!"

"증인! 여기는 신성한 법정입니다."

"흑!"

남자가 버럭 소리를 지르자 화란은 눈을 가리고 바깥으로 뛰어갔다.

"이봐요, 피고! 크흠…… 휴정하겠습니다."

난데없는 상황에서 판사는 휴정을 선포할 수밖에 없었고 그걸 본 법원 경비는 노형진을 보면서 이렇게 중얼거릴 수밖에 없었다.

"와…… 진짜 잔인하다."

⚖

결국 다음 재판 기일이 잡히고 다시 출석명령이 날아오자 그녀는 노형진을 찾아올 수밖에 없었다.

"왜! 왜! 절 그렇게 괴롭히는 거예요!"

"전 법대로 할 뿐입니다."

"이게 법이에요? 이게 법이냐구요!"

"법입니다. 당신들이 뽑은 자랑스러운 국회의원들이 만든 법입니다. 모르셨어요?"

"얼마나 내 인생을 박살 내고 싶어서 이러느냐구요!"

발악하듯 소리 지르는 김화란. 그 말에 노형진은 어이가 없어서 말이 안 나왔다.

"이봐요. 당신은 자기 혼자 편하자고 증언을 거부해서 한 남자의 인생을 파멸로 몰아넣어 놓고 지금 저한테는 자기 인생 좀 봐 달라고 하는 겁니까? 할 말이 없군요."

"제발…… 제발 그만하세요. 흑흑."

눈물을 질질 짜는 김화란에게 노형진은 마지막 쐐기를 박아 줄 생각으로 일어났다.

"다시 한 번 기회를 드릴게요. 정식으로 증언하시고 강건마…… 아, 이름도 모르시겠구나. 당신을 강간하려고 했던 놈의 이름이 강건마입니다. 하여간 그놈을 신고하실래요, 아니면 이대로 끝까지 재판을 진행할까요?"

하지만 아직 정신을 차리지 못한 그녀는 대답하지 못했다. 노형진은 그녀의 이해를 돕는 차원에서 차근차근 지금부터 벌어질 일을 설명해 주기 시작했다.

"받으셨는지 모르겠지만 전 다음 재판에서 당신이 다니는 유치원의 원장 선생님을 증인으로 불렀습니다. 아마도 원장 선생님께서 오시게 된다면 어떤 일이 벌어지고 있는지 아시게 되겠지요."

그 말에 얼굴이 창백해지는 김화란. 애들을 가르치는 선생이다 보니 도덕적인 부분이 중요하다. 그런데 그런 사실을 알게 된다면? 자신은 해고당하게 될 것이다. 그리고 어린이집 업계의 블랙리스트에 올라서 취업조차도 못 하게 될 가능성이 높다.

"그리고 재판에서 우리가 이길 겁니다. 뭐, 진짜로 2억씩이나 나오지는 않겠지요. 하지만 얼마가 나오든 당신이 내야 할 돈입니다. 그 후에는 무슨 일이 벌어질까요? 과연 강건마가 단순히 증언을 막기 위해서 당신을 노리고 있는 거라 생각합니까?"

"서…… 설마?"

"강간범의 재범률은 60% 그리고 강건마는 벌써 강간 전과 2범. 2범 이상 강간범의 재범률은 80% 이상. 그런 강간범이 매일같이 당신을 보고 있습니다. 한번 노렸던 먹잇감을 말이지요. 매일 보면 없던 정도 생긴다고 하죠?"

그 말인즉슨 그는 기회가 생기면 언제든 그녀를 강간할 수 있다는 뜻이다. 그리고 그럴 의사도 있고.

"그런……."

자신에게 벌어질 일을 덜덜 떨면서 눈물을 좍좍 뽑아내기 시작하는 김화란.

"스스로 초래하신 겁니다."

"……."

남이 도와줄 때는 보답을 바라는 게 아니다. 하지만 최소한 그의 뒤에서 칼을 꽂아서는 안 된다.

"그냥 증언 한번 하세요. 그게 인생이 편해지는 길입니다."

"할게요……. 흑흑……."

그녀에게 선택권이라고는 없었다.

⚖

"죄송합니다."

참회의 눈물을 흘리는 김화란은 자신 때문에 고생이 심했던 문석규에게 고개를 숙여서 사과했다. 얼굴이 해쓱해진 문석규였지만 그래도 애써 웃었다.

"괜찮습니다. 피차 서로 마음 고생한 건 같으니까요."

"일단 합의서는 쓰셨고 소취하서도 넣었고."

두 사람의 민사사건은 모두 종결되었다. 당연한 얘기지만 두 사람이 피해를 입은 것은 없었다. 하지만 아직 형사재판이 남아 있었다.

'그나저나 전화위복이라고 해야 하나? 아니면 마음을 고쳐먹으니 복이 왔다고 해야 하나?'

노형진은 어젯밤에 전화를 받고 어이가 없어서 피식 웃음을 흘렸다. '처음에는 남자 친구에게 버림받았다고 울고불고 하던 사람인데 이런 소리를 들으면 기분이 어떨까?'라는 생각이 들었던 것이다.

"그나저나 화란 씨."

"네?"

"혹시 남자 친구에 대해서 얼마나 아십니까?"

"그게……."

하긴, 말하기가 거북스럽겠지. 자신이 한 짓 때문에 자신을 차 버린 남자이니.

"전화위복이라고 생각하세요."

"전화위복이라니요?"

"남자 친구, 아니 전 남자 친구분은 기혼자입니다."

순간 멍하니 듣고는 이해가 가지 않는 표정이 된 그녀. 하긴, 이게 뭔 소리인가 싶겠지.

"애까지 있습니다."

"뭐라고요! 하지만 이제 고작 스물네 살인데!"

"결혼이야 만 18세만 넘으면 얼마든지 할 수 있지요. 그리고 그분은 이혼소송 중이더군요."

경찰서에서 온 기록, 아니 그 남자의 읍소는 어이가 없었다. 이혼소송 중이라는데 자신이 감방에 들어가게 되면 재판에 불리하니 제발 소취하를 해 달라는 것이다.

사실 노형진도 애가 있다는 말에 순간 마음이 약해져서 그럼 양육권 때문에 그러느냐고 물어봤다. 그런데 그게 아니었다. 애는 애 엄마가 데려가도 상관없는데 위자료가 뛴다는 것이다. 그 말에 노형진은 근엄하게 '좆을 까시오.'라고 한마디 해 주고는 아예 그쪽 변호사에게 우리 쪽 증인이 그쪽에게 속았다고 연락까지 해 줬다.

"애초에 소송 자체가 그 사람이 바람피워서 난 소송입니다."

"하지만 법원에서 연락이 온 적이……."

말하던 김화란은 입을 다물었다. 자신에게 온 적이 없다면 남은 건 단 하나.

"한 명 더 있더군요."

물론 공개된 것만 그렇다. 하지만 김화란까지 두 명이 등장했으니 얼마나 더 있을지는 모를 일.

"이럴 수가……."

강간당할 뻔한 데다 전 남자 친구에게 속았다는 사실에 절망하는 그녀.

"이런 개 같은……."

그 소리를 들은 문석규조차 기가 막히다는 얼굴이었다.

"어찌 되었건 이번 일로 전화위복한 겁니다. 아, 그리고 어린이집에는."

"어린이집……."

이 사실이 드러나면 어린이집에서 자신을 자를 게 뻔하기 때문에 순간 당황하는 그녀.

"좋게 말해 놨습니다. 폭행에 관련된 사건이라 위협받는데도 용기 있게 증언해 주기로 하셨다고 말입니다."

"아아아……."

그렇게 된다면 자신을 자르지는 않을 것이다.

"감사합니다. 감사합니다."

고개를 숙여서 인사하는 김화란. 그걸 본 무태식은 자신도 모르게 노형진을 바라보았다.

'대단하다.'

수많은 변호사들을 보고 재판에도 여러 번 나가 봤지만 사람을 이렇게 들었다 놨다 하는 사람은 본 적이 없었다. 누구도 강제하지 못할 거라 생각했던 증언을 강제하기 위해 지옥의 아래까지 던졌다가 다시 끌어 올려서 제자리에 되돌려 놨다.

'이런 게 가능할 거라고는 생각도 못 했는데.'

그저 정해진 법률과 정해진 규칙 안에서 보고 판단하고 분석해 왔다. 그런데 그는 달랐다. 모든 법을 감안하고 모든 규칙을 점검한다.

'시아가 왜 그렇게 된 건지 알 것 같다.'

지원하러 갔다 오고 난 후 그녀의 법적인 통찰력은 무척이나 높아졌다. 그래서 어떻게 그렇게 바뀔 수 있는지 무척이나 궁금했다. 그런데 누가 봐도 그 통찰력을 가르쳐 준 사람은 형진이 분명했다.

"이제는 마무리를 지어야지요."

"그럼 이제 경찰서에 가서 증언하고 끝나는 건가요?"

"이제는 안 됩니다. 법원에 가서 증언해야 합니다. 시간이 지나서 법원으로 넘어갔습니다."

그 말에 고개를 푹 숙이는 화란.

"그럼 어떻게 하실 건가요?"

"일단은 그 녀석을 강간 미수로 처넣어야지요."

"하지만 증거가……."

문제는 그거였다. 그녀가 증언할 수는 있지만 문제는 증거가 없다는 것.

"시간이 지난 데다가 법원에까지 갔습니다. 아마도 저쪽은 우리 쪽에서 고용한 여자라 주장하겠지요. 화란 씨가 거기에 있다는 기록은 어디에도 없으니까요."

"죄송해요……."

"아니, 죄송할 것 없습니다. 이런 일이 벌어질 줄 누가 알았겠습니까?"

화란을 다독거리는 문석규. 그걸 보고 노형진은 헛기침했다.

"크흠, 초반이라면 강력한 증언이 되었겠지만 시간이 지났기 때문에 증언의 신뢰도가 약해졌습니다. 더군다나 카메라 같은 것도 없으니까요."

"……."

하긴, 그걸 알기에 그런 곳을 강간 장소로 골랐을 것이다.

"그럼?"

"아무래도 이번 사건에 대해서 문석규 씨가 혐의를 벗으시려면 김화란 씨가 명백하게 그놈을 강간 미수로 처벌해야 합니다. 즉, 형사재판에서 정식으로 그놈을 기소해야 합니다."

"하지만 가능한가요, 그게?"

증언도 없고 증거도 없다. 증언이라고는 그녀가 했던 말뿐이다. 그마저도 오래전에 있던 일.

"찾아봐야지요."

노형진은 한숨을 쉬면서 대답했다.

'도대체가, 쉬운 일이 없어요.'

⚖

노형진은 입맛을 다시면서 주변을 둘러보았다.

'확실히…… 아무것도 없어.'

시간이 지나서 아무것도 없는 공간. 그나마 있었던 작은 기억조차 시간이 지나서 이제는 흐릿해지고 있었다.

'여기서 어떻게 저 녀석이 화란을 끌고 갔다는 걸 증명한다.'

일단 그녀가 강제로 끌려갔다는 걸 증명하기만 하면 어떤 식으로든 방법이 생길 것이다. 문제는 증명할 방법이 없다는 것.

"일단…… 방법을 찾아야 하는데."

화란의 말로는 철저하게 준비된 짓이었다고 한다. 사람도,

차도 없었다고.

'납치 장소에도 카메라는 없었어.'

그 후에 이동시킨 차가 있지만 차의 내부는 찍을 수가 없다. 물론 그 트렁크 같은 곳에 증거가 있을 수도 있겠지만.

'시간이 지났으니 무리겠지?'

안 그래도 그의 차량에 슬쩍 접근해서 기억을 읽었다. 그런데 그 기억들 중 최근의 기억에는 전문 세차장에서 완벽하게 세차하는 행동이 있었다. 그것도 연달아 세 번이나 돌아다니면서 말이다.

'망할.'

증언이 있으니 감형은 받을 수 있겠지만 결정적인 것은 아니니 아예 무죄가 나오는 것은 힘들다. 강건마는 합의하고 싶으면 3천만 원을 내놓으라고 으름장을 놓고 있었다.

"이보슈, 뭐 하슈?"

그가 그렇게 그 주변을 돌아다니자 한 사람이 의심스러운 눈으로 다가왔다. 보아하니 동네 주민이다.

"아, 변호사입니다. 혹시 이 지역 주민 되십니까?"

"그렇소만?"

"혹시 ○○월 ○○일에 여기서 있던 일을 기억하십니까?"

그 말에 고개를 갸웃하던 노인은 고개를 흔들었다.

"기억날 리가 있나. 그게 벌써 몇 달 전인데."

"그렇군요."

"이 동네가 재개발 예정 구역이라 대부분 나가고 휑하지. 카메라도 철수했고."

"네."

아마도 강건마는 그걸 알고 이 장소를 강간 장소를 선택했을 것이다. 이곳에서는 비명을 질러도 누구도 듣지 못할 게 뻔하니 말이다.

'어찌 보면 천운이기는 한데.'

텅 비어 버린 공간이라 누구도 들어오려고 하지 않았지만 언제나 태릉에 있었기 때문에 여기가 철거 대상이라는 소리를 듣지 못했던 문석규는 단순히 이곳에 운동할 만한 넓은 공간이 있다는 걸 떠올리고 온 것이다. 만일 철거한 걸 알았다면 오지 않았을 것이다.

'그렇다면 강간 사건이 아니지. 강간 · 살인 사건이 될 수도 있지.'

성범죄의 문제는 그 강도가 점점 강해진다는 것이다. 처음에는 관음이지만, 다음 단계는 추행이며, 그 뒤에는 강간을 저지르다가 결국 강간이나 살인까지 저지른다. 강간범들의 재범률이 높은 건 그 때문이다. 계속해서 자극적이고 위험한 것을 찾기 때문이다.

"그때의 기록이 있을 리 없지."

"끄응⋯⋯."

무심결에 가던 노형진은 길가에 있는 차를 보고 고개를 갸웃했다.

"아니 웬 차가?"

그러고 보니 여기에는 차가 많다. 누가 곧 허물어질 장소에 주차하겠는가? 그런데 그런 곳에 차라니?

"아, 이 차? 저 아래쪽 중고차 상인들이 가지고 온 거야."

"네? 왜요?"

"왜기는, 공간이 부족하니까. 주차료도 안 내고 단속도 안 하거든."

"그럼 여기는 누가 지켜요?"

"글쎄?"

그냥 둘 리가 없다. 그렇다고 여기를 사람이 지킨다? 아니다. 그동안 사람은 보지 못했다. 그렇다면 뭔가 있다는 뜻.

"감사합니다."

후다닥 중고차 단지로 간 노형진은 그곳의 상인들 중에 이곳에 차를 댄 사람을 찾기 시작했다. 그리고 곧 몇 명을 찾았다.

"그럼 누가 지킵니까?"

"아, 그거요? 카메라요."

"카메라?"

"네."

"하지만 거기에는 CCTV가 없던데요?"

"그야 그렇지요."

"그럼……."

사방을 뒤지고 다녔으니 못 봤을 리가 없다.

"에이, 그게 얼만데 그걸 설치합니까?"

"그럼요?"

"보실래요?"

그 말에 노형진은 고개를 격하게 끄덕거렸고 그 존재를 확인했을 때 입가에 진한 미소를 떠올렸다.

'잡았다.'

⚖

"친애하는 재판장님, 이번 사건은 김화란 양의 증언처럼 피고는 강간을 막기 위해서 부득이하게 원고에 대한 공격 행위를 한 것입니다. 이는 명백하게 법률에서 인정하는 긴급 구난 행위에 인정되어 그로 인한 위법성을 조각합니다. 이에 피고에 대한 처벌은 말도 안 되는 행위라 주장하는 바입니다."

위법성 조각이란 어떤 행위가 불법행위는 맞지만 그 행위에 타당한 이유가 있는 경우 불법성이 사라지는 것을 뜻한다. 그리고 이 경우는 강간을 위한 폭력이 원인이기 때문이 그것이 허가된다. 물론 강간 시도가 인정되는 경우에만 말이다.

"재판장님, 그러니 피고는 그 당시 증인의 얼굴뿐만 아니라 신상 명세도 알지 못한다고 했습니다. 그런데 이제 와서 그를 찾았다고 들이민다는 것은 말도 안 된다고 생각합니다.

더군다나 그를 찾는 데에 사용한 방법이 정확한 인지 방법이나 DNA 테스트도 아닌, 고소인의 동선을 추적하여 피해자로 보이는 여성을 특정한다는 것은 그 정확성에 근거가 없는 것으로밖에 보이지 않습니다. 이러한 경우, 증인이 피고의 사주를 받고 위증할 가능성이 있다는 사실을 염두에 두어야 한다고 생각합니다."

위증이라고 대놓고 말하지는 못한다. 검사도 그녀가 거기에 있었는지 알 수 없기 때문이다. 하지만 증언에 의심을 품는 정도로는 충분히 써먹을 수 있다.

'그럴 줄 알았지.'

자신이라도 그런 방어 전략을 쓸 것이 뻔하기 때문이다.

"인정합니다. 피고는 증인이 그 당시 강간을 당할 뻔한 여성이라는 것을 증명할 방법이 있습니까?"

물론 없을 것이다. 그걸 알기에 강건마는 뒤쪽에 있는 의자에 앉아서 피식거리면서 웃기 시작했다. 물론 노형진은 그 미소를 오래 볼 생각이 없었다.

"고소인 강건마를 증인으로 신청하는 바입니다."

"인정합니다."

지금 없는 것도 아니고 이 자리에 있었기 때문에 강건마는 증인석에 앉았다. 노형진은 그런 강건마를 향해 다가갔다.

"피고 강건마는 ○○월 ○○일 해당 놀이터에 있던 사실을 인정합니까?"

"인정합니다."

"그곳에서 뭐 하고 있었습니까?"

"그냥 별을 보면서 제 미래에 대해서 사색하고 있었습니다."

어차피 그곳에서 폭행 사건이 발생한 거라 거기에 있지 않았다고 부정할 이유도 없었기에 그는 당당하게 자신이 거기 있었다는 것을 인정했다.

"그렇다면 증인은 증인이자 증인에게 피해를 입었다고 주장하는 저 여자가 그 장소에 없다고 말하는 겁니까?"

"그렇습니다."

"그럼 그 장소에 여자는 없었습니까?"

"그런 곳에 여자가 있겠습니까? 요즘같이 험악한 세상에 말입니다."

마치 자신을 깔보듯 '험악한'이라고 말하는 부분에서 말장난을 하는 강건마. 노형진은 그를 보다가 자신의 자리로 돌아갔다.

"즉, 증인은 그 자리에 저 여자분은커녕 아예 여자가 없다고 주장했습니다. 맞습니까?"

"그렇습니다."

"그럼 이건 어떻게 생각하십니까?"

"어떤?"

노형진은 주머니에서 뭔가를 꺼내 들었다. 그러고는 그걸 노트북에 연결해서 작동시켰다. 그건 하나의 동영상이었다.

흔들림 없는 화면. 깨끗하지만 약간은 낮은 해상도.

"CCTV!"

그걸 본 강건마는 순간 당황했다. 분명 몇 번이나 확인했다. 그곳에는 CCTV가 없었다.

"저게 어떻게……?"

"뭐가 말입니까?"

"아…… 아닙니다."

강건마는 애써 말을 돌렸지만 눈은 마구 떨리고 있었다. 그런데 뭔가 이상했다. CCTV치고는 그 높이가 낮았던 것이다.

"그건 CCTV 영상이 아니잖아?"

"맞습니다. CCTV 영상이 아닙니다. 이건 블랙박스 영상입니다."

"블랙박스?"

"그렇습니다. 해당 지역은 아래에 있는 중고차 거래소의 차량 대기소로 쓰이고 있었습니다. 그곳에서 벌어지는 절도 및 파손을 감시하기 위해 해당 업체는 차량용 블랙박스를 일부 개조하여 배터리와 연결 카메라 대용으로 쓰고 있었습니다."

그 말에 강건마의 얼굴이 새파랗게 질렸다. 그렇다면 그게 자신의 눈에 보일 리가 없다. 가뜩이나 안 보이는데 그걸 아예 대용품으로 썼다면 보이는 곳에 뒀을 리가 없다.

"해당 녹화 내역은 그다지 용량을 차지하지 않았기 때문에 만일의 사태에 대비하여 보관하고 있었지요."

블랙박스는 생각보다 전력을 많이 먹지 않는다. 그렇기에 이런 임시용으로는 무척이나 쓸 만했다. 더군다나 화질 자체도 아주 나쁜 건 아니다.

'이건 예상하지 못했을 거다.'

아직은 자동차용 블랙박스가 널리 퍼진 시기가 아니었다. 하지만 임시로 자동차를 주차해 놓은 업체는 그걸 보호하기 위해 이걸 설치한 것이다. 원래 자동차용 블랙박스는 그다지 용량이 많지 않은 게 사실이나 그들은 배터리와 외장 하드를 연결해서 일종의 카메라처럼 운영했고 그 덕분에 그 당시 기록도 저장되어 있었던 것이다.

"분명 증인은 그곳에 여자는 없었다고 했습니다."

"그러니까 그게……."

말을 제대로 못 하고 우물쭈물하는 강건마. 노형진은 노트북에서 영상을 작동시켰다. 그리고 그곳에는 한 대의 차량이 고개 위를 올라가고 있었다.

'살았다.'

그런데 블랙박스에는 그 차가 올라가는 것만 보였을 뿐 여자는 보이지 않았다. 여자는 트렁크 안에 가둬 뒀기 때문이다.

"봐요 없잖아요."

"네, 없습니다. 지금은요."

"지금은?"

재생 속도를 빠르게 하고 얼마쯤 지나자 고개 너머에서 여자가 나타났다. 반쯤 찢어진 옷. 당황한 얼굴. 블랙박스 정면에 찍힌 그녀는 간간이 뒤를 돌아보면서 정신없이 도망치고 있었다.

노형진은 그녀의 얼굴이 잘 나온 장면에서 화면을 정지했다.

"어······."

"여자가 없다고 증언했습니다만 여자가 내려왔습니다. 기록에서도 보다시피 해당 지역은 철거 예정지로, 주민이 살고 있지 않습니다. 또한 김화란 증인의 말에 따르면 올라갈 때는 트렁크 안에 갇혀 있었다고 했습니다."

정지된 화면을 판사와 사람들에게 보여 주는 노형진.

"제 눈이 좋은 편은 아닙니다만 이분은 아무리 봐도 김화란 씨로 보이는데요."

"어어어······."

확실히 없던 여자가 갑자기 나타난다는 건 말도 안 된다. 그런데 분명히 그 여자는 그곳에서 두들겨 맞은 모습으로 도망치고 있었다. 여기저기 든 멍. 그리고 당황한 얼굴. 모든 게 무슨 일이 벌어졌는지 확실하게 말해 주고 있었다.

"증인, 이에 대해 할 말 있습니까?"

"이······ 이건 조작입니다! 조작이에요, 조작!"

"조작 여부를 가리기 위해 해당 원본을 법원에 제출하겠습니다."

"인정합니다."

갑작스러운 증거에 검사는 패닉에 빠졌다. 쉽게 이길 수 있을 것이라 생각했는데 말이다.

'헹, 내가 그렇게 쉽게 당할 줄 아냐?'

검사가 실적을 위해 증거를 무시한다는 것은 기본 상식이다. 고발인이 강간범이든 뭐든 상관없다. 실적만 된다면 말이다.

"증거를 분석하기 위해서 다음 기일을 잡겠습니다."

빼도 박도 못한 증거가 나오자 말을 못 하는 강건마와 당황하는 검사.

"끝내겠습니다."

판사가 말했다. 그때 그 말과 동시에 뒤에서 기다리고 있던 남자 두 명이 갑자기 자리에서 일어났다.

"재판이 끝났으니 영장을 집행하겠습니다."

"집행?"

"강건마, 당신을 강간 미수 혐의로 구속합니다. 당신은 묵비권을 행사할 수 있으며……."

강건마가 증인석에서 내려오자마자 수갑을 채우는 경찰들.

"아니야! 이건 아니야! 거짓말이야!"

강건마는 발악했지만 이미 늦은 뒤였다.

⚖

"왜 경찰을 기다리게 만든 겁니까?"

무태식은 고개를 갸웃했다. 사실 강건마의 구속영장은 재판 전에 나왔다. 그런데 노형진은 형사에게 부탁해서 당일에 현장에서 체포해 달라고 부탁했다.

"심리 전술입니다. 일종의 이미지를 씌우는 거죠. 판사가 아무리 중립적인 척해도 그 역시 인간입니다. 그의 앞에서 수갑을 채우고 끌고 갔으니 그게 판결에 어떤 영향을 줄지는 뻔하지 않습니까?"

"아!"

작고 사소한 일일지언정 그걸 놓쳐서는 안 된다. 당장 눈앞에서 조사 결과가 어떻든 강건마가 수갑을 차고 끌고 가는 걸 봤으니 그에 대한 선입견을 지우긴 힘들 것이다.

"아마도 특이한 일이 없다면 무죄가 나올 겁니다."

"감사합니다, 감사합니다."

문석규는 그에게 고개를 숙여서 감사했다. 사실 노형진 말고도 주변의 변호사들에게 방법을 물어봤지만 하나같이 방법이 없다고 했다. 증거도, 증인도 없다고 말이다. 그런데 노형진은 그걸 알아내서 자신의 무죄를 증명한 것이다.

"별말씀을요."

그렇게 말하면서도 노형진은 속으로는 안도의 한숨을 내쉬었다. 첫 번째 사건에서부터 패배하면 그게 무슨 망신이란 말인가?

'대단하다.'

자신들뿐만 아니라 어떤 변호사도 이런 사건은 거의 해결이 불가능하다고 생각한다. 그런데 그걸 해결하다니.

"그나저나 이제 어떻게 해야 합니까?"

　노형진에게 물어보는 문석규.

"일단은 김화란 씨는 혼인 빙자 간음으로 고소부터 넣으셔야 할 겁니다."

"네?"

　분명 문석규의 사건이 끝났다. 그런데 김화란이라니?

"전 남친이 유부남인 건 이제 아셨잖습니까? 이혼소송 중인 것도요."

"네."

"아마 그 여자분이 손해배상을 청구할 겁니다. 화란 씨 말고도 다른 사람한테 가정 파탄의 책임을 물어서 손해배상을 청구했으니까요. 그렇다면 재수 없으면 그걸 배상해 줘야 합니다."

　그 말에 입을 쩍 벌리는 김화란.

"그러니 혼인 빙자 간음으로 고소를 넣으세요. 그렇게 되면 일단 파탄의 책임에서 벗어날 수 있습니다."

"그…… 그런가요?"

　물론 일반적으로 이렇게 사후 서비스까지 해 주지는 않는다. 하지만 노형진은 해 주는 이유가 있었다.

"그럼 노 변호사님이 해 주실 수 있나요?"

"그럼요. 후후후."
바로 두 번째 사건이 시작되었다.
'이것이 바로 1타 2피.'

풋사랑의 흔적?

"밥 사 줘."

"……."

"밥 사 준다며?"

"그건 기억하냐?"

전화기 너머에서 들리는 목소리. 그건 손채림의 목소리였다.

"나 오늘 과외 그만뒀어, 돌에 새기는 거 그만두고 싶어
서. 그러니까 비싼 거 사 줘."

"그거랑 뭔 관계가 있는데?"

"내 인생을 이상하게 꼬여 버리게 만든 게 누구더라?"

"끄응……."

농담인 걸 알지만 그녀의 원래 인생을 기억하고 있는 노형

진은 그 말에 꼼짝도 하지 못했다.

"그래…… 뭐 먹고 싶냐?"

"회! 회! 회! 회!"

"알았다, 알았어."

노형진은 고개를 끄덕거렸다. 그 정도는 사 줄 수 있으니까.

"그래, 어디서 만날까?"

"노량진."

하긴, 서울에서는 노량진에서 파는 회가 가장 싸고 맛있다. 게다가 이것저것 맛있는 해물 요리도 많다.

"그럼 이번 주 일요일에 노량진으로 와라."

"그래."

노형진은 그렇게 무심하게 넘어갔다. 물론 그녀가 길치라는 사실은 알고 있었다. 하지만 설마 했다.

"너, 못 오는 건 아니지?"

"날 뭐로 보고. 그 정도는 아니거든!"

그때는 오밤중에 술에 취한 상황이었다. 그러나 이번에는 대낮에, 그것도 전철 타면 바로 도착하는 노량진에서 만나는 것이다.

'하긴, 그렇겠네.'

설마 전철을 타고 내리면 바로 있는 노량진에 그녀가 오지 못할 거라고는 생각하지 못했다.

그러나 그는 모르고 있었다, 길치라는 단어가 왜 생긴 것

이것이 법이다

이며 왜 문제가 되는지를.

　화창한 주말. 주변에서 펄떡거리는 신선한 횟감들. 그걸
보는 노형진은 영혼이 나간 듯한 얼굴을 하고 있었다.
　'설마…….'
　약속 시간은 12시 30분. 그런데 현재 시간 1시 30분.
　'바람맞은 건가?'
　그런 것 같지는 않다. 회 노래를 부르던 걸로 봐서는 말이다.
　'전화도 안 받고 뭐 하는 거야?'
　노형진이 한숨을 쉬던 그때였다.
　따르릉.
　노형진의 주머니에서 울리는 벨 소리. 그는 재빨리 핸드폰
을 들었다.
　"야! 너 어디야?"
　"여기? 수원."
　"……."
　순간 할 말을 잃어버린 노형진.
　'수원? 수원이라고?'
　수원이면 그녀의 집에서 반대 방향이다. 그런데 왜 수원에
있단 말인가?

'설마 오전에 약속이 있어서 늦은 걸까?'

그렇다면 이해가 가긴 한다. 일이 있어서 전화를 받을 수도 없었을 것이다. 애써 이해하려고 했다.

"일이 늦게 끝났냐?"

"아니. 전철을 잘못 탔어."

'어떻게 그럴 수가 있는 거냐!'

그녀의 집에서 노량진으로 오는 전철은 하나뿐이다. 그마저도 환승하는 것도 아니고 그냥 타고 와서 내리면 그만인 것이다. 그런데 잘못 타다니?

"나 간다."

"에이, 남자가 좀스럽게. 조금만 기다려. 내가 얼른 갈게."

"거기서 오려면 못해도 한 시간 십 분은 걸리거든?"

"기차표 끊었어."

"기차표?"

"그래, 용산."

"끄응."

용산은 바로 옆에 있는 역이다. 그러니 그곳에서 내려서 바로 전철을 타고 한 정거장만 오면 되니 한 30분 정도면 올 것 같았다.

"지금 기차 타러 가고 있는 중이야. 그러니까 금방 갈 거야."

"그래, 알았다."

노형진은 고개를 절레절레 흔들었다.

"도대체 길치라는 사람들은……."

어떻게 뻔히 보이는 길을 못 찾는 건지 이해할 수가 없었다.

"그래, 30분만 더 기다리자."

아무리 그래도 서서 누군가를 기다리는 것은 쉬운 일이 아니다. 그러니 노형진은 애써 마음을 침착하게 먹으면서 기다리려고 했다. 그러나.

따르릉.

"여보세요?"

"야, 엄친아!"

"노형진이라고. 그리고 왜 오진 않고 전화를 해?"

"기차 잘못 탔다. 이거 광주행이라는데?"

그 말에 노형진은 입을 쩍 벌렸다.

⚖️

"어떤 면에서는 존경스럽다."

결국 점심 약속은 '점저 약속'이 되어 버렸다.

"으헤헤."

"도대체 무슨 자신감이냐?"

"언젠가는 도착하겠지. 안 그래?"

"끄응."

"괜찮아. 먹어, 먹어."

"내가 사는 거거든?"

노형진은 신나게 먹는 손채림을 보면서 피식 웃었다. 확실히 이상하기는 하다. 길도 모르고 뻔한 길조차도 찾지 못한다. 그런데 저런 자신감은 어디서 나오는 걸까?

'뭐, 나쁘지 않은 자신감이기는 한데.'

확실히 그녀는 쾌활하고 성격이 좋다. 그런데 그런 그녀가 엇나갈 정도로 부모가 괴롭혔다니.

'쯥.'

노형진은 부모님에게 그녀의 어머니에 대해서 물은 결과, 학창 시절부터 필요 이상으로 경쟁심이 심했다는 대답을 들을 수 있었다. 그러니 그녀를 그렇게 매몰차게 몰아붙였으리라.

"뭘 봐?"

"응? 아니야."

"그렇게 안 봐도 내가 예쁜 건 알아."

"하하하."

웃으면서 노형진은 회를 집어삼켰다. 확실히 예쁘기는 하다. 전에도 생각했던 것이지만 원래 역사에서 전 세계를 감동시킬 정도로 인기를 끌 수 있었던 원동력 중에는 그녀의 외모도 있었을 것이 분명하다.

"교생 실습은 언제 하는 거야?"

"4학년 때 나가야지."

"그래? 그나저나 의외다."

"뭐가?"

"너 노래 잘했잖아? 절대음감? 하여간 그래서 음악 쪽으로 갈 줄 알았거든."

그 말에 순간 얼어 버리는 그녀는 잠시 입맛을 다시다가 한숨을 쉬고는 다시 회를 입으로 넣었다.

"뭐, 안 되는 건 안 되는 거지."

"안 된다?"

"그래, 부모님이 무조건 변호사 하래."

그 말에 노형진은 얼굴을 찌푸렸다.

'그럴 성격이 아닌데?'

변호사를 하려면 독하고 약간 염세적이어야 한다. 그런데 그녀는 쾌활하고 밝으며 독하지 못하다. 결정적으로 이런 심각한 길치는 전국을 다니면서 재판을 해야 하는 변호사들에게는 치명적인 약점이 된다.

"그게 다 너 때문이다."

"나?"

"그래, 널 이겨야 한단다."

"끄응……."

원래 역사에서는 노형진이 그녀를 이긴 적이 없다. 그러니 그녀의 재능을 살려 갔을 것이다. 그러나 이번에는 오로지 노형진을 이겨야 한다면 몰아붙인 것이다.

'도대체 왜?'

이해할 수가 없다. 단순한 질투라고 보기에는 너무 극단적이다. 그녀가 음악에 재능이 있다는 건 어려서부터 드러났으니까.

"다시 음악 하고 싶은 생각은 없어?"

"하고야 싶지. 하지만 결국 돈이 문제잖아?"

어깨를 으쓱하는 그녀. 하긴, 결국 변호사는 못 되고 사범대에 들어간 그녀에게 가족들은 크게 실망한 모양이다. 그 덕분에 사이도 많이 안 좋아진 모양이고.

"그냥 공무원 해서 얼른 시집이나 가야지."

"시집? 결혼식장에 가다가 길이나 안 잃어버리면 다행이겠다."

"그 정도는 아니거든?"

"과연 그럴까?"

피식거리면서 웃는 그녀. 노형진은 그런 그녀를 보고 있자니 왠지 심장이 뛰는 느낌이었다.

'그러고 보니……'

어렸을 때의 첫사랑, 아니 풋사랑이라고 할 만한 게 그녀였다. 첫사랑이라는 게 사랑이라는 감정이라는 걸 알고 하는 거라면 풋사랑은 그저 마냥 좋아하는 것이다.

'왜 잊고 있었을까?'

생각해 보면 그런 그녀에 대해서 노형진이 잊고 있었다는 것이 이상하긴 하다.

"뭘 그렇게 생각해?"

"아니야."

한참을 생각하던 노형진은 얼마 지나지 않아서 그 이유를 깨달았다.

'이상하게 날 싫어했지.'

초등학교 때는 가까운 곳에 사는 데다가 같은 학교에 같은 반이었다. 게다가 어머니들까지 서로 아는 사이니 친하게 지내는 게 정상이다. 그런데 기억을 더듬어 보면 손채림의 어머니는 묘하게 자신을 싫어했다.

'그래서 그랬던 건가?'

아이들은 자기를 좋아하거나 싫어하는 것을 느낀다고 한다. 그런 걸 느꼈다면 아마도 영문 모를 호감보다는 부모에 대한 공포가 더 컸으리라. 그래서 자신도 모르게 감정을 정리했던 것이리라.

"아아…… 회가 점점 줄어든다……."

"부족하면 더 시켜."

"그래도 돼?"

"나 변호사다."

"오오, 역시 엄친아."

"그놈의 엄친아는."

노형진은 피식 웃었다. 지금은 웃고 있지만 부모님에게 무시당하면서 그녀가 얼마나 고생했는지 감이 잡히지 않았다.

"그나저나 졸업하면 어쩔 거야?"

"어쩌긴, 시험 보고 학교 선생님이 되는 거지."

"고등학교?"

"아니, 그냥 중학교에 가려고."

"왜?"

"선배님들이 예쁜 여자 선생님이 고등학교에 가면 고생길이 열린대."

"뭐, 부정은 못 하겠네."

이제 막 여자에 관해서 관심을 가지는 애들이니 과도하게 예쁜 사람이 오면 애들이 공부는커녕 이상한 생각만 할 것이리라.

"애들은 싫다며?"

"그래도 어쩌겠어. 먹고살긴 해야지. 안 그래? 그리고 고등학생 놈들은 하는 짓이 징그러."

"하하하."

"말도 마. 그래서 고등학교 다닐 때는 여자 선생님들이 죄다 바지만 입는다더라."

"그래서?"

"그래서는 무슨 그래서야. 나같이 예쁜 사람이 바지를 입는 건 세상에 대한 죄를 짓는 거라고."

"그런 죄목은 없는데?"

"거참, 변호사 아니랄까 봐."

이것이法이다

킬킬거리면서 웃는 두 사람. 그렇게 한참을 이야기하던 중 순간 그녀의 얼굴이 딱딱하게 굳었다.

"왜?"

"배가 아파."

"화장실 다녀와."

"그래야 할 것 같은데?"

거리낌 없이 일어나서 화장실을 가는 그녀. 그 순간 노형진은 걱정되기 시작했다.

"설마 길을 잃어버리는 건 아니지?"

"에이, 설마. 아줌마, 여기 화장실 어디예요?"

"저 위로 100미터 정도만 올라가면 공동 화장실 있어요."

"네."

아무래도 시장 건물이다 보니 공동 화장실을 쓰기 마련이다.

그녀가 화장실에 가고 난 후 노형진은 조용히 회를 먹으면서 시간을 보내기 시작했다. 도중에 다른 길이 있는 것도 아니고 직선으로 100미터 정도니 길이고 뭐고 그냥 거꾸로 오면 그만이라고 생각했기 때문이다. 그러나…….

"왜 안 와?"

30분이 지나도록 오지 않는 손채림 때문에 노형진은 살짝 걱정되기 시작했다.

"혹시 여기 화장실 주위에 다른 곳으로 빠지는 길이 있나요?"

"아니, 직선인데요?"

근데 오질 않는다니? 노형진은 혹시나 하는 마음에 전화를 걸었다.

"여보세요?"

"어디야?"

"여기? 어…… 모르겠는데?"

노형진은 그 말에 할 말이 없었다. 고작 100미터 떨어진 화장실이다. 그런데 길을 잃어버렸다고?

"화장실에서 나와서 오른쪽으로 돌아서 내려오면 되잖아?"

"들어갈 때를 기준으로 오른쪽?"

"당연히 나올 때를 기준으로 오른쪽이지."

"그래? 그럼 반대로 온 건가?"

"반대? 잠깐…… 그럼 반대로 갔단 말이야? 그런데 도대체 어디까지 간 건데?"

30분이면 사방을 다 헤집고 다니고도 남는 시간이다. 그런데 오지 않았다고?

"글쎄…… 걷다 보니 여기네."

"게다가 도대체 어딘데?"

"그러니까…… 사람이 많아. 그리고 하얀 트럭이 지나가고 있고…… 아, 파란 오토바이도 한 대 지나간다."

'데자뷰인가.'

며칠 전 야밤에 겪은 일과 너무나도 똑같은 느낌에 노형진은 멍해졌다.

"미안하다. 가장 가까이 있는 사람 좀 바꿔 줄래?"

"응, 잠시만."

"여보세요."

"네, 혹시 거기가 어딘가요?"

핸드폰 너머로 들리는 남자의 목소리. 그는 잠시 침묵을 지키다가 장소를 말했다.

"여기 사육신 공원인데요."

"네?"

⚖

"말이 되느냐고요."

노형진은 서류를 정리하면서 툴툴거렸다.

"수산 시장 근처도 아니고 사육신 공원이라니. 거긴 수산 시장을 훨씬 벗어나지 않습니까? 아니, 애초에 물고기가 주변에서 사라지는데 그걸 이해하지 못하다니요?"

툴툴거리는 노형진을 보면서 무태식은 피식 웃었다.

"길치란 원래 그런 겁니다."

"네?"

"제 친구 중에도 그런 친구가 있습니다. 그리고 그 녀석과 10년이 넘게 만나면서 깨달은 게 하나 있죠. 저 녀석한테 길을 설명하느니 그냥 데리고 오는 게 빠르다."

"⋯⋯."

"길치란 원래 그런 겁니다. 남이 이해하지 못하는 방식으로 길을 보니까요. 심지어 그 녀석은 갔던 길도 거꾸로 가라고 하면 잃어버립니다. 물론 그분 같은 경우는 좀 심하기는 하네요."

"헐."

"아니, 거꾸로 가라고 할 필요도 없이 밤낮이 바뀌면 못 찾아요."

"그래요?"

"네, 길치라는 존재는 일반적인 사람들이 이해하지 못합니다."

"흠."

확실히 그런 것 같긴 하다. 몇 번이나 만났지만 여전히 손채림은 길을 잃어버리고 있고 노형진은 그때마다 찾아다니고 있다.

"그냥 여자 친구분을 데리러 간다고 생각하시는 게 편합니다."

"여자 친구 아닌데요."

"그런데 아무리 봐도 여자 친구 같습니다만."

"네?"

"주말마다 만나시고 매일 한 번 이상은 그분 이야기를 하시지 않습니까?"

"그거야…….."

말을 하려던 노형진은 순간 입을 다물었다. 자신의 행적을 더듬어 보니 확실히 그랬던 것이다. 어느 순간부터인가 아예 주말 하루는 빼놓고 그녀를 만나는 걸 당연하다고 생각하고 있었다.

"여친분이 아니라면 노 변호사님이 관심이 있는 거죠."

"그…… 그렇습니까?"

"네."

과거의 풋사랑의 추억 때문일까? 아니면 죄책감 때문일까? 확실히 그녀를 만나는 횟수가 많아지고 있다. 벌써 한 달째 매주 보고 있는 것이다.

'문자도 자주 하고…….'

바쁘지 않으면 가능하면 대꾸해 주는 편이다. 그러다 보니 은근히 문자도 많이 하는 편.

"원래 당사자만 모르는 거지. 다른 사람들은 다 아는 게 연애라고 하지 않습니까?"

"끄응……."

"이참에 제대로 한번 만나 보시죠. 어차피 노 변호사님은 아직은 자유롭지 않습니까?"

"아직이라니요?"

"슬슬…… 마담들이 올 텐데요?"

"아아아."

마담뚜. 변호사나 검사, 판사 같은 '사' 자 돌림인 직업 종사자들을 부잣집 딸들과 연결해 주는 사람들.

'그러고 보니…… 아직은 안 왔네.'

사실 보통 사법연수원을 졸업하자마자 온다. 하지만 노형진은 어린 데다가 군대 문제도 있어서 오지 않았던 것이다. 그러나 이제는 군대 문제도 해결되었고 이제는 성인이라고 할 만한 나이가 되었다. 스물한 살이면 결혼하기에는 이른 나이일지도 모르지만 연애를 시작하기에는 적당한 나이다.

"무 변호사님도?"

"말도 마십시오. 매일같이 전화가 옵니다."

'하긴.'

노형진 자신도 회귀 전 아내와 그렇게 만났다. 문제는 그녀가 심각한 낭비벽을 가지고 있는 데다가 자신의 자식들조차 남의 자식이었다는 점이다.

'그러고 보니 이제는 볼일 없는 사이라는 거네?'

만일 진심으로 자신의 자식이었다면 회귀했다 하더라도 가끔은 그리웠을 것이다. 하지만 아내가 낳은 아들과 딸은 남의 자식이었고 아내는 그저 돈을 쓰기 위해서 자신을 이용했을 뿐이다. 결과적으로 이혼소송 후 노형진이 미국으로 가는 가장 큰 이유가 되었지만.

'그러고 보니…… 그것도 나쁘지는 않은데.'

어차피 이제는 새로운 삶을 살아가고 있다. 그렇다면 새로운 사람을 만나는 것도 좋다. 아니, 만날 수밖에 없다. 회귀 전의 아내는 아름답긴 하지만 좋은 사람도 아닐 뿐더러 자식도 남의 자식이니 키우고 싶은 생각이 눈꼽만큼도 없기 때문이다.

'손채림이라……'

확실히 자신에게 엄친딸이라 불리던 사람이니만큼 부족함은 없는 사람이다. 아니, 사실 조건 자체만 보면 무척이나 좋다. 절대음감에, 공부도 잘한다. 그녀의 이번 인생이 꼬인 건 머리가 나빠서가 아니라 부모님과의 불화 때문이다.

'근데 왜…… 날 싫어하는 걸까?'

손채림의 감정은 알 수 없다. 자주 연락하고 지내기는 하지만 여전히 감정을 읽기 힘든 게 여자다. 몇 달 동안 분위기가 좋다가도 갑자기 분위기가 확 바뀌면서 차 버리는 것도 여자이니 좋아한다는 확신도 할 수 없다.

'문제는 채림이네 엄마라는 건데.'

설사 그녀가 자신에게 관심이 있다고 한들 채림의 어머니는 이상하게 자신을 어려서부터 싫어했다. 이제는 자신이 잘나가는 변호사가 되긴 했지만, 그런다고 좋아할 것 같지도 않았다.

'나중에 어머니한테 한번 물어봐야겠네.'

왜 그렇게 자신을 싫어하는지 노형진은 때를 봐서 물어보기로 했다.

"뭐, 그건 나중에 생각합시다. 나이가 많은 것도 아니고 아직은 초창기인데 뭘 고민합니까?"

"하하하, 젊다는 건 좋군요."

"무 변호사님은 무슨 환갑쯤 되신 것같이 말씀하십니다."

그 말에 무 변호사가 피식 웃었다.

"그래도 전 결혼이 코앞에 닥친 나이죠."

"뭐, 그렇기는 한데……. 일단 일에 집중합시다."

"네."

아직은 시간이 있으니 노형진은 이 관계에 대해 진지하게 생각해 보기로 했다.

작은 사건이란 없다

"안 갑니까?"

"사건 하나만 더 보고 가면 안 될까요?"

"송 변호사님이 오라고 안 해요?"

"보고 오랍니다."

"쩝."

김화란의 사건은 워낙 증거가 넘쳐서 힘들지 않았다. 혼인 빙자 간음으로 처벌받고 난 후에는 민사소송을 넣어서 이혼 후 얼마 남지 않은 재산을 몽땅 털어 왔다. 뭐, 그 덕분에 그 전 남자 친구라는 놈은 아랫도리를 잘못 놀린 죄로 길바닥으로 쫓겨났지만.

'뭐, 내 알 바 아니지.'

자신은 자신의 의뢰인의 승리만 생각하면 된다.

"그나저나 노 변호사님."

"네?"

"우리, 재판한 거 맞죠?"

"네."

"맞선 본 거 아니죠?"

"아니죠."

"근데 왜?"

"나야 모르죠."

이상하다 싶었다. 사건이 끝나고 난 후 김화란 사건을 할 때도 문석규가 계속 재판정에 나왔던 것이다. 사실 관련이 없어서 그가 나올 이유가 없는데 말이다. 그리고 그 흐르는 분위기하며.

'청첩장만 보내지 마라.'

뭐, 미운 정도 정이라고 그렇게 정분이 났다는데 뭐라고 하겠는가?

"그나저나 노 변호사님도 사람 한 명 뽑아야 하지 않습니까? 면허도 따야 하고요."

"그게 문제네요."

일단 무태식이 도와주고 있긴 하지만 어차피 그는 새론으로 돌아가야 하는 사람이다. 따라서 서류 작업이나 기타 작업을 도와줄 사람이 필요하다.

"사람을 뽑긴 해야 하는데."

"제가 나가면 변호사도 부족할 것 같은데요?"

"끄응."

노형진의 전략은 정확하게 먹혀들었다. 사무실에 앉아서 '나는 변호사입네.' 하고 모가지에 힘주고 사건이 오길 기다리는 게 아니라 변호사가 필요한 사람들에게 다가가자 그들이 그를 선택하기 시작했고, 급기야 엄청난 수의 사건들이 몰려들었던 것이다.

"더 보내 달라고 할까요?"

"에이, 미안해서 어떻게 그럽니까?"

"하나도 안 미안해하셔도 됩니다. 지금 새끼 변호사들의 꿈이 여기에 오는 겁니다. 민 변호사가 승승장구하는 거 보고는 여기서 일을 배우는 게 꿈이 되었다니까요."

"새끼라고 할 정도는 아니잖습니까?"

벌써 거기서 몇 년을 일한 사람들이다. 그러니 새끼라고 할 정도는 아니다. 하지만 무태식은 고개를 흔들었다.

"사건이 들어와야지요."

"대룡에서 안 줍니까?"

"그런 걸 우리한테 줄 리가 있나요?"

그들에게는 경험이 필요하다. 그래야 더 위로 올라갈 수 있다. 그런데 대룡의 사건들은 허투루 할 수가 없다. 당연히 더 전문적이고 높은 변호사들에게 배당된다. 자신들이 맡을 수가 없는 것이다. 그렇다고 다른 걸 하자니 새론 자체가 대룡에 기대는 부분이 많아져서 일반적인 사건이 부족해졌다.

"그래서 아직 후임도 한 명도 못 받았습니다."

"아직도요?"

민시아 변호사를 만난 게 중학교 때다. 그때부터 벌써 6년 가량이 흘렀으니 새로운 변호사가 들어왔어야 맞다.

'어쩐지.'

새끼 변호사를 보내 준다고 했는데 6년 차를 보내 줘서 깜짝 놀라기는 했다. 그런데 그런 이유가 있었다니.

"솔직히 송 변호사님은 이번에 부서를 두 개로 나눌 생각을 하고 계십니다. 대룡에 너무 기대고 있다고 생각하시거든요."

"왜요?"

"아시잖습니까, 대룡이 전쟁 중인 거?"

"아!"

대룡과 성화는 전쟁 중이다. 그것도 둘 중 한 곳이 망하는 그 순간까지 싸울 수밖에 없는 전쟁. 대룡이 이긴다면 좋겠지만 혹시라도 진다면 대룡에 기대던 새론은 끈 떨어진 연 신세가 되는 것이다.

'송 변호사님도 바보는 아니네.'

하긴, 바보가 아니니 누구도 손을 내밀지 않는 상황에서 도박하다시피 손을 내밀었을 것이다. 그리고 그 덕분에 대룡의 적극적인 지원을 받게 되었고 말이다.

"일단 재판 다녀오겠습니다. 시간 되면 퇴근하세요."

"네."

오늘은 그다지 어렵지 않은 변호였기 때문에 그는 가벼운 마음으로 사무실을 나갔다. 그리고 돌아왔을 때 생각지도 못한 손님에게 당황했다.

"그 사건을 맡기려고 오셨다고요?"

"네."

힘들어서 잠든 아이와 그 아이를 안고 있던 아버지. 그리고 왠지 당혹스러운 표정을 짓고 있는 무태식 변호사.

"솔직히 말씀드리면 그건……."

"역시 안 되는 건가요?"

"아니요. 안 되는 게 문제가 아니라…… 좀…… 그러니까…… 피해가 크시잖습니까?"

아버지라는 사람이 가지고 온 사건은 터무니없었다. 물론 그게 말이 안 된다는 소리가 아니라 터무니없이 작고 터무니없이 어이없다는 뜻이었다. 이겨 봐야 변호사 비용은커녕 차비나 나올까 말까 한 사건.

"다들 그러더군요. 그딴 사건은 품격에 맞지 않는다고. 해 봐야 남는 것도 없으니 포기하라고."

"맞는 말입니다."

그 아버지가 가지고 온 사건은 좀 당황스러웠다. 개 분실 사건. 아니, 분실도 아니다.

'이걸 뭐라고 해야 하나?'

개가 죽었다. 애지중지하던 개가 죽었다. 그거야 흔해 빠진 일이니 이해는 하겠다. 그런데 수많은 애견인들이 그렇듯 그 개는 개라는 짐승이기 이전에 가족이었다. 그렇기 때문에 그는 집 근처의 자기 밭에다가 땅을 파고 관까지 만들어서 정식으로 장례까지 치러 줬다. 그런데⋯⋯.

'그놈도 미친놈일세.'

그날 밤 집 근처에 사는 남자가 그 무덤을 파 버렸단다. 그러고는 개의 사체를 꺼내서 흔히 말하는 된장을 발랐단다. 즉, 잡아먹어 버린 것이다. 어차피 죽은 개라는 게 이유였다. 파헤쳐진 무덤을 보고 아들은 충격받아서 며칠째 울고불고 난리였고 그 역시 분노했다. 개이기 전에 가족이기에.

'이건⋯⋯ 진짜⋯⋯.'

사건이라고 할 수도 없다, 죽인 것도 아니고 죽은 개를 잡아먹었으니.

"경찰에 신고했더니 죽은 개라고 사건이 성립되지 않는다고 하더군요. 접수도 해 주지 않았습니다. 그래서 민사로라도 해 보려고 했는데⋯⋯ 다들 거부하더군요."

그 말에 무태식은 이유를 알 것 같았다.

'당연하지. 그걸 누가 해?'

이기고 지고를 떠나서 고작 죽어 버린 개 새끼 한 마리다.

이것이 법이다

그것도 그 인간이 죽인 것도 아니고 말이다. 더군다나 순종 도 아니고 똥개다.

'10만 원이나 나올까?'

이미 죽어 버린 개라 이길지도 확실하지 않은 데다가 이긴 다고 해도 턱도 없는 돈이 나올 것이다. 변호사비가 300만 원인데 이긴다고 해도 잘해야 10만 원이나 나올까?

"아시다시피 이건 이겨도 이긴 게 아닙니다."

심지어 노형진조차 부정적일 정도였다.

"변호사님."

"네?"

"가족입니다. 제가 결혼 전부터 키워 온 녀석이고 이 녀석 이 태어나서부터 봐 온 녀석입니다. 제 가족 같은 놈이자 이 녀석한테는 형제 같은 놈입니다."

무릎에서 누워서 잠들어 있는 어린 아들의 머리를 쓰다듬 는 아버지.

"누가 가족의 시체를 뜯어 먹었다면 눈이 안 돌아가겠습 니까?"

"하지만……."

무태식이 그를 말리려고 했다. 그의 입장에서는 어차피 개 새끼 한 마리일 뿐이다. 그러나.

"알겠습니다. 의뢰를 받아들이죠."

"네?"

"노 변호사님!"

무태식은 깜짝 놀랐다. 그가 돈에 연연하지 않는다는 건 잘 알지만 고작 개일 뿐이다. 그런데 그걸 받아들인다니.

"감사합니다. 감사합니다."

"근 시일 내에 제가 한번 현장에 가 보겠습니다. 일단 계약서를 작성하시죠."

"네."

남자는 계약서를 작성하고 즉석에서 변호사비까지 냈다. 그러고는 몇 번이나 감사하다고 인사하면서 떠났다. 몇 명이나 만났지만 누구도 받아 주지 않았기 때문이다.

"노 변호사님, 사건이 좀…… 그렇지 않습니까?"

말도 안 되는 사건인 데다가 고작 개 새끼 한 마리 때문에 재판을 하다니. 다른 변호사들도 그래서 안 한 것이리라. 300만 원이나 받기에는 터무니없이 작은 사건인 데다가 맡는다해도 고작 그딴 사건이나 하느냐며 무시당할 게 뻔하니까.

"무 변호사님."

"네?"

무태식의 말에 노형진은 서류를 정리하다가 씩 웃었다.

"사건 중에 작은 사건은 없습니다. 우리에게는 작을지 몰라도 저분들에게는 하늘이 무너지는 일입니다. 우리가 그걸 알지 못한다면 제대로 된 변호는 못 합니다."

"아……."

이것이 법이다

그 말에 무태식은 뭔가를 배우는 느낌이었다. 포기할 수 있었으면 포기했을 것이다. 그러나 그게 안 되서 하늘이 무너지는 느낌이라 변호사에게까지 찾아왔을 것이다. 그런데 그게 작은 사건이라고 무시하다니.

'작은 사건은 없다……'

무태식은 오늘도 뭔가를 배워 가고 있었다.

"이곳인가요?"

"네."

노형진은 시골에 있는 남자의 집으로 갔다. 남자의 이름은 고광수. 시골에 이사 온 사람이었다.

"텃세가 장난이 아니겠군요."

"그거야 예상하지 못한 게 아니지만."

제법 커다란 땅. 그 구석에 있는 그의 집과 근처에 있는 밭. 그리고 그 밭에 있는 여전히 파여 있는 구멍.

"그럼 개는 언제부터?"

"오래되었습니다. 한 20년 같이 살았습니다."

"20년이라……"

그 정도면 진정으로 가족이라고 할 만하다. 어려서부터 같이 살아서 결혼하고 아이까지 봤다니.

"이곳에 이사 오고 나서도 문제가 없었습니다. 물론 나이가 많다 보니 아무래도 언제든 갈 거라 생각은 했습니다만."

"그런데요?"

"여기에 오면서 문제가 생겼습니다."

그가 키우던 개는 잡종이지만 무척이나 덩치가 큰 종이었다. 그래서 새집에 왔을 때 좁은 집 안보다 넓은 바깥에 두기로 결정했는데 그걸 본 아랫마을의 한 남자의 눈이 뒤집혔다는 것이다.

"서무학이라고 아랫동네 사는 사람입니다. 개고기라면 눈이 뒤집힌다고 하더군요."

그는 시도 때도 없이 와서 개를 팔라고 했단다. 당연히 고광수는 거절했다. 하지만 집요하게 달라붙었단다. 심지어 나중에 죽으면 자신에게 팔라고도 했단다.

"네? 왜요?"

"이야기를 들어 보니 개고기라면 환장하는 인간이라고 하더군요."

심지어 직업이 개장수였다. 개고기라면 환장해서 달려들기까지 하니 덩치가 크고 잘 키워진 고광수의 개를 보고 눈이 뒤집힌 것이다.

"물론 거절했습니다. 가족을 파는 사람은 없으니까요."

'하긴.'

20년이나 키운 개라면 그건 짐승이라기보다는 가족에 가깝다. 그런데 그걸 팔 리가 있겠는가?

"그런데 죽고 나서 그런 일이 벌어졌다는 거죠?"

"네."

"그 사실은 어떻게 안 겁니까, 카메라도 없는데?"

"아침에 가 보니 무덤이 파헤쳐져 있더군요. 직감적으로 그 녀석임을 알았습니다."

그걸 보고 화들짝 놀라서 그의 집으로 뛰어갔을 때 남은 건 벗겨 낸 가죽과 내장뿐이었단다. 벌써 삶아 먹어 버린 것이다.

"남은 부위는요?"

"다른 곳에 묻어 놨습니다. 부족합니다만."

그 말을 듣던 노형진은 고개를 갸웃했다.

"그 서무학이라는 사람과 친했나요?"

"아니요. 매일같이 개를 팔라고 성화인데 친해질 리가 없잖습니까?"

"그렇지요?"

친하지 않다. 친해질 이유도 없다. 그런데 걸리는 부분이 있다.

'어떻게?'

개가 죽고 바로 찾아왔다? 그건 말도 안 된다. 매일같이 들르던 사람도 아니고 오기만 하면 개를 팔라고 하는 바람에 사이가 좋은 것도 아니다. 그런데 한 번에 알았다.

'그리고 저건 무덤이잖아?'

고광수가 만들어 둔 무덤을 보니 인간처럼 격식을 차린 건 아니지만 최소한 무덤으로서의 최소한의 형태는 가지고 있었다. 아무리 인간이 생각이 없기로서니 무덤을 판다? 그것도 고광수의 말에 따르면 새벽일 가능성이 높다. 죽고 나서 그날 오후에 묻어 줬고 아들이 밤늦게 가서 꽃을 주고 왔다고 하니 말이다. 그러면 무덤을 팔 시간은 새벽뿐이다. 그런데 사람이 새벽에 남의 무덤을 판다?

'그럴 리가 없지. 그 안에 들어 있는 게 뭔지 안다면 모를까.'

이는 즉, 그가 때마침 죽자마자 달려와서 새벽에 무덤을 파고 개의 사체를 가지고 갔다는 건데.

'뭔가 이상해.'

우연이라고 생각하기에는 너무 타이밍이 잘 맞았다. 누가 죽었다고 알려 준다? 그럴 가능성도 낮아 보인다. 고광수의 집은 사람들의 집과 거리가 좀 있다. 더군다나 고광수의 말에 따르면 그날에는 누구도 오지 않았다는 것이다.

"혹시 그 개가 있던 곳을 알 수 있을까요?"

"럭키가 있던 곳요?"

"럭키라고 하던가요?"

"네, 이리 오시죠."

노형진을 데리고 뒤뜰로 간 고광수. 노형진은 그곳에 천천히 주변을 둘러보았다. 제법 넓은 뒤뜰. 그 한편에는 럭키가 살았던 곳으로 보이는 개집이 있었다.

'일단 손이 닿지는 않아.'

직접 죽이기에는 손이 닿지 않는다. 그렇다면 먹이를 던져 줬다는 건데.

"럭키가 훈련받은 개인가요?"

"훈련이라니요?"

"그런 거 있지 않습니까? 주인이 준 먹이가 아니면 안 먹는다든가."

"아, 네. 그 훈련, 받았습니다. 아무래도 덩치가 있다 보니 사람들에게 피해를 줄까 봐서요."

"흠."

훈련받은 개는 주인이 준 먹이 말고는 절대로 먹지 않는다. 그렇다면 럭키 역시 먹이를 던져 줘 봐야 먹지 않는다는 뜻이다. 따라서 먹이를 던져 줄 가능성은 없다.

'그럼 어떻게?'

그가 타이밍을 맞춰서 럭키의 사체를 빼 가려면 그 죽음을 알 수 있어야 가능한 일이다. 사람도 아니고 개가 그 날짜를 누군가에게 알려 줄 리는 없을 테고.

"저건? 혹시 이게 럭키의 밥그릇입니까?"

"네."

노형진은 밥그릇으로 다가갔다. 역시 대형 견이라 그런지 상당한 크기를 자랑하는 밥그릇이었다.

'사람도 아니고 개 밥그릇이라니.'

설마 개 밥그릇을 영사할 거라 생각하지는 못했지만 어찌 되었건 일을 담당하게 된 이상 확실하게 해야 한다.

'어디냐……'

여러 가지 기억이 있었다.

'의외인걸?'

인간의 기억만 가능한 줄 알았는데 개의 기억도 읽을 수 있었다. 물론 극도로 단편적이고 순간적이긴 하지만 말이다.

'그리고 시간상을 보면……'

암살 같은 것도 아니니 천천히 작용하는 독을 쓰지는 않았을 것이다. 그리고 그런 독을 썼다면 고광수가 눈치챘을 가능성도 있다. 하지만 고광수는 끝까지 아무것도 몰랐다. 그렇다면 즉효성이 있는 독이라는 것.

'이건?'

노형진은 개 밥그릇에서 낯선 기억을 찾았다. 최근에 있던 기억이었다. 그것도 럭키라는 개의 기억이 아닌 누군가의 기억.

'이건가?'

그 기억에 접근하자 한 남자의 모습이 보였다. 그는 주변에 사람이 없는 걸 확인하고 조심스럽게 담을 넘어서 개 밥그릇으로 다가갔다. 그러고는 미리 준비된 음식을 조심스럽게 개 밥그릇에 발랐다. 살짝 바른 형태였기에 누가 봐도 먹다가 남은 형태처럼 보였다. 그러고는 그곳을 떠나는 남자.

'산책 중이었나 보군.'

개도, 주인도 보이지 않은 걸 보니 그 둘이 함께 산책을 간 모양이었다.

"이거, 생각보다 사건이 복잡해질 것 같군요."

"네?"

노형진은 개 밥그릇에서 손을 떼고 일어났다.

"제대로 복수하실 생각 있습니까?"

"무슨 말씀이신지?"

"누군가 럭키의 밥그릇에 독을 발라 둔 것 같습니다. 럭키는 나이 때문에 죽은 게 아니라 누군가 죽인 겁니다."

그 말에 휘청하는 고광수.

"주…… 죽었다고요? 누구한테요?"

"뭐…… 당연한 질문이지요. 죽자마자 마치 예상한 것처럼 시간 맞춰서 달려온 사람은 한 사람뿐이지 않습니까?"

"서무학 이 개새끼!"

당장 삽자루를 잡고 뛰어가려고 하는 고광수. 노형진은 그런 그를 잡고 진정시켰다.

"패는 거야 할 수 있지만 그러면 광수 님이 가해자가 됩니다. 복수하고 싶으신 거지, 처벌받고 싶으신 건 아니지 않습니까?"

"그렇다고 이놈을 그냥 둘 순 없지 않습니까!"

분노가 치밀어 올라 버럭 소리를 지르는 고광수. 어쩐지 이상하다 했다. 아무리 나이가 많기로서니 그렇게 갑자기 죽어 버리는 경우는 드물기 때문이다.

"그냥 두라는 말씀이 아닙니다. 하지만 지금 가서 때리면 속은 시원할지 몰라도 그 후에는 고광수 님이 더 불리해집니다."

"……."

"일단 진정하세요. 제가 도와 드릴 테니까요."

"하지만 무슨 수로 말입니까?"

"꼬리가 길면 밟히기 마련입니다."

노형진에게는 나름의 계획이 있었다.

⚖️

"이번 사건의 의뢰인도 제정신은 아니지만 가해자 놈도 제정신이 아니네요."

무태식은 고개를 흔들면서 중얼거렸다. 개 한 마리를 위해 변호사를 산 것도 이해하지 못할 일인데 또 그걸 먹겠다고 몰래 남의 집에 들어와서 독극물을 쓴 것도 이해하지 못할 짓이기 때문이다.

"근데 독극물이 있는 건 어떻게 안 겁니까?"

"그냥 찍은 겁니다. 보통 개가 그렇게 죽지는 않거든요."

"찍어요?"

"네."

무태식은 고개를 갸웃했다. 냄새가 나는 것도 아닌 독을 그렇게 알아내다니.

'개 밥그릇에서 기억을 읽어 냈다고 말할 수는 없지.'

하지만 노형진은 확실하게 보았다. 아무도 없는 집으로 들어와서 개 밥그릇에 독이 섞인 사료를 두는 누군가의 모습을. 본 적이 없는 사람이지만 그가 서무학인 건 뻔했다.

'이거는 참 좋네.'

과거의 기억을 읽을 수 있으니 진실을 찾는 건 쉬웠다. 물론 그걸 입증하는 것은 자신이 해야 할 일이다. 기억을 읽는 것과 그걸 법에 맞게 입증하는 것은 전혀 다른 문제니까.

"그럼 절도죄로 고발하실 겁니까? 근데 이미 죽은 뒤라 증거도 없고……."

가장 가까운 게 바로 절도죄다. 가족이니 어쩌니 해도 개 자체는 물건으로 보기 때문이다. 문제는 개가 죽었다는 것. 즉, 객체의 가치가 소멸했기 때문에 그게 절도가 성립하느냐는 확실하지 않은 문제였다.

"그냥 절도로 넣을 생각은 없습니다."

"네?"

"일사부재리의 원칙은 피해야지요."

"설마…… 그놈이 죽인 것까지 고발하시려구요?"

"네."

"무리 아닙니까?"

일사부재리의 원칙이란 같은 범죄로 두 번 처벌받지 않는다는 뜻이다. 지금 절도로 넣는 것은 가능할지 몰라도 그렇게 되면 나중에 더 큰 범죄가 드러났을 때 처벌하는 것이 불가능해진다.

"돈을 받았으니 확실하게 해야지요."

"끄응……."

무태식은 고개를 흔들었다. 자신에게는 답이 보이지 않는 사건인데 거기서 길을 찾겠다니.

"그럼 어쩌실 생각입니까?"

"일단 그놈을 만나 봐야지요."

백문이 불여일견이라고 했다. 그러니 그를 만나 보는 게 중요하다.

⚖

"거참, 사람이 야박해도 그렇지, 고작 개 새끼 한 마리 죽은 걸 가지고."

반짝이는 대머리에 욕심으로 가득한 눈에 신경질적이고 빼빼 마른 얼굴까지. 아니나 다를까, 서무학은 기억 속에서 본 그 사람이 맞았다.

"그러니까 사과하고 합의하시는 게……."

"웃기지 말라고 그래. 개 새끼 한 마리 죽은 걸 가지고 변호사를 사? 참 내, 기가 막혀서 말이 안 나오네. 세상이 그렇게 삭막하게 변했나그래?"

도리어 자기가 억울하다면서 화를 버럭버럭 내는 그. 하지만 노형진은 그가 화를 내든 말든 신경도 쓰지 않았다. 그저 그가 맞는지 확인만 하러 온 것이니까.

"그래서 합의 의사가 없다는 말씀이시죠?"

"합의 의사? 웃기고 있네. 고작 죽은 개 새끼 한 마리 가지고 합의는 무슨 합의야! 법대로 해! 법대로!"

"법대로 하시면 곤란하실 텐데요?"

"어디서 협박질이야! 안 꺼져? 누구는 아는 변호사 없는 줄 알아? 법대로 하라고!"

온갖 욕을 다 먹고 문전박대 당하고 그의 가게에서 쫓겨난 노형진. 그는 머리를 흔들었다. 하긴, 죽은 개 한 마리 가지고 변호사를 산다는 건 일반적으로 이해하기 어려운 일이기는 하다.

"어쩌죠?"

"어쩌긴요. 제대로 해 봐야지. 일단 저 인간이 범인은 맞으니까."

"하지만 증거가 없지 않습니까? 일단 형사처벌부터 하는 게 좋지 않을까요?"

"형사처벌이 쉬운 건 맞습니다만 이런 경우는 민사가 먼저입니다."

사람들은 형사에서 민사로 넘어가는 것만 생각해서 형사를 해야 민사가 가능하다고 생각하지만 사실 민사가 먼저여도 상관없다. 다만 증거를 모으는 게 쉬운 게 아니라서 형사부터 할 뿐이다.

'이걸 경찰에 신고한다고? 그런다고 경찰이 수사해 줄 리가 없잖아?'

경찰이 동일한 조건으로 똑같이 해 주면 좋겠지만 그럴 리가 없다. 그러니 직접 뛰는 수밖에.

'에효, 내 팔자야. 괜히 한다고 했나?'

사람 사건도 벅차 죽겠는데 개 사건까지 담당하다니.

'역시 사람을 더 뽑아야겠어.'

서류 작업을 하는 사람도 필요하지만 더 급한 건 정보원이다. 정보원이 있다면 직접 뛰지 않고도 정보를 충분히 수집할 수 있다. 그러면 사건 자체에 더욱 집중할 수 있으리라.

"그럼 어쩌죠? 이대로 돌아가나요?"

무태식은 고개를 흔들었다. 자신이 봤을 때는 이번에도 답이 보이지 않았다. 워낙 시골이다 보니 CCTV도 없지 않은가?

"CCTV가 만병통치약인 건 아닙니다. 옛날에는 그런 거없이도 잘 해결했습니다."

"하지만……."

"이럴 때는 발로 뛰어야지요."

언제부터인가 그게 중심이 되어 가고 있었다. 하긴, 동선을 추정하는 데에 CCTV만큼 좋은 게 있을까? 하지만 보조는 될지언정 전부가 되는 건 아니다. 하지만 요즘 변호사들은 그것의 편리함 때문에 그걸 사용하는 데에서 한 발자국도 나가지 못하고 있었다.

"원래 세 치 혀는 바깥에서 갈고닦는 겁니다."

카메라가 없다고 해도 여전히 증거를 찾는 것은 어려운 일이 아니었다.

⚖

"그런 독이라……."

"네."

"그건 뭐 하시려고?"

"그냥 쓸데가 있어서요."

"쓸데라니?"

"주변에 들개가 좀 많아서요."

덥수룩한 머리, 지저분한 옷, 허름한 남방에 늘어진 속옷까지. 그걸 본 주인은 딱히 의심하지 않았다.

"그런 거라면 씨알렌이지."

"씨알렌요?"

"그래, 효과가 빨라서 먹는 순간 훅 가지. 냄새도, 맛도 없는 놈이야."

구석에 가서 안쪽을 뒤적거리던 남자는 불투명한 하얀색의 작은 통에 담겨 있는 뭔가를 가지고 나왔다.

"원래 제초제이기는 한데 들개한테는 이놈이 딱이라니까."

"그래요?"

"그럼."

노형진은 주변에서 자신 또래의 남자에게 옷을 빌려서 수더분한 시골 청년으로 변장한 상태였다. 그리고 무태식 역시 그런 모습으로 변장하고 곁에 있었다. 하나라도 더 배우기 위해서였다. 그리고 이 상황에 속으로 깜짝 놀라고 있었다.

"먹으면 바르르 떨면서 경기를 일으키다가 한 번에 훅 간다니까."

"다행이네요. 요즘 들개 때문에 죽을 맛이라니까요."

"아휴, 내가 알지, 알아. 어디 들개뿐인가? 멧돼지까지 난리니."

"맞습니다. 작년에도 고구마를 심어 놨더니만 밭에 들어와서 작살내 놔서 말이죠."

"자네도 그랬나? 나도 그랬는데. 뭐, 그건 제작년 일이지만."

"어떻게 하셨는데요?"

"어떻게 하긴, 멧돼지가 좋아하는 음식에 이걸 타서 놔뒀더니, 먹고 바르르 떨더니만 벌러덩 자빠졌지. 내가 안 써 보고 이걸 추천해 주겠나?"

이것이 법이다

"우와!"

그걸 보면서 무태식은 깜짝 놀랐다. 분명 처음 보는 사람이다. 그런데 노형진은 마치 아는 사람인 것처럼 천연덕스럽게 접근해서는 순식간에 단골인 것처럼 이야기하고 있었다.

"캬! 그 정도란 말이죠? 아깝네요. 그렇게 잡을 수 있으면 멧돼지도 비싸게 팔 수 있을 텐데."

"팔면 되는 거지, 뭘. 나도 그놈을 팔아서 돈푼깨나 만졌지."

"네? 하지만 독극물 아닙니까? 팔릴 것 같지 않은데요?"

"아, 이건 살까지 흡수되지도 못해. 먹는 순간 오장육부가 뒤집히거든. 그래서 내장만 처리하면 고기는 깨끗해."

"그래요?"

"그럼. 저기 아래 개장수 서 씨 알지? 그 사람도 쓰는걸?"

"서 씨 아저씨도요?"

예상치 못한 정보에 노형진은 눈을 번뜩거렸다. 그러나 티를 내지 않고 은근히 물었다.

"그럼 아무리 개장수라지만 짐승 죽이는 게 쉬운 건 아니잖아. 개밥에 이걸 섞어 먹이면 그냥 훅 가지."

"작년에도 그 아저씨네 개고기 먹었는데."

"탈 안 났지?"

"네, 멀쩡하던데요?"

"이놈이 원래 그래. 내장만 상하지, 살은 멀쩡하거든."

"감사합니다. 근데 그럼 좀 더 주시겠어요? 그렇게 좋은 거라면 멧돼지 잡는 데에도 써야겠네요."

"하나 더 줄게. 합쳐서 5만 원."

"감사합니다."

그걸 받아서 실실 웃으면서 나오는 노형진. 무태식은 그게 마법이라도 부린 것같이 보였다.

"어떻게 한 겁니까?"

"뭐가 말입니까?"

"아니, 방금 벌어진 일 말입니다."

들어간 지 10분도 안 되었는데 주요 증거와 증언을 받아 내고 나왔다. 보통 이야기하는 건 쉬운 일이 아닌데 말이다. 한마디라도 더 들으려고 하면 입을 꾹 다무는 게 사람들이다. 그런데 술술 다 말하다니.

"친해지는 기술이죠."

"친해지는 기술?"

"네, 원래 웃으면서 다가가서 알랑방귀 좀 뀌면 다 친해지기 마련입니다. 웃는 얼굴에 침 뱉지 못한다고 하지 않습니까?"

"그거야 그렇지만……."

처음에 옷을 빌리고 아이스크림을 사기에 뭘 하려고 하나 싶었는데, 뜬금없이 농약상으로 들어갔다. 그러고는 뭔가 말하는가 싶더니 떡하니 증거를 받아 냈다.

"원래 이런 곳에서 독극물을 구하는 루트는 뻔합니다."

"그거야 알겠습니다만…… 지금 그건……."

"직접 해 보셔야 합니다. 이건 배운다고 할 수 있는 게 아니라서요. 하하하."

"끄응……."

친해지는 방법은 동질감을 이용하는 것이다. 동질감을 가지도록 대화를 유도하면서 정보를 캐내는 방법은 다른 변호사들이 모르는 그만의 스킬이었다. 가르쳐 준다고 배울 수 있는 것도 아니고 말이다.

"그나저나 서무학이 사건을 저지른 건 확실해진 것 같군요."

죽을 때의 증상도 그렇고 기존에 노리던 행동도 그렇고 사건 이후의 행적도 그렇고, 서무학이 저지른 사건이 맞긴 하다.

"하지만 흔적을 찾을 수 없지 않습니까?"

"증거는 찾으면 나오는 겁니다. 제가 한 가지만 물어볼게요. 살인 사건에서 가장 확실한 증거는 뭡니까?"

"그거야…… 유전자나 지문이겠지요. 족적이라든가."

"그런데 그게 왜 이번 사건에서는 해당되지 않는다고 생각하십니까?"

"그거야……."

말을 하던 그는 입을 다물었다.

'그러고 보니 그러네.'

살인 현장에서 유전자가 증거라면 지금도 마찬가지다. 그런데 왜 그걸 안 찾고 있을까?

"사건에는 크고 작은 게 없다는 걸 아직 제대로 깨닫지 못

하셨기 때문입니다."

"그렇군요."

노형진이 사건에 경중이 없다고 했고 그걸 배웠다고 생각했지만, 여전히 실제로 적용하지는 못했던 것이다.

"개 밥그릇이라고 해서 별반 다를 게 없습니다. 살인 현장과 똑같아요. 다른 건 그걸 대하는 사람들의 태도입니다. 증거는 변하지 않는데 사람의 태도가 변하기 때문에 사건에서 지는 겁니다."

"……."

부정할 수가 없었다. 현장 어딘가에 증거는 남았고 그걸 볼 수 있을 텐데 자신은 그걸 생각하지 못했다. 그런데 만일 살인 사건이었다면?

'기를 쓰고 증거를 찾았겠지.'

살인 사건이 아니라는 생각에 그저 대충했던 것이다.

'사건에는 경중이 없다라.'

머리가 아닌 가슴에 와 닿는 듯한 느낌.

"그럼 이제 본선으로 올라가 볼까요?"

"본선요?"

"네, 우리의 주요 링은 이곳이 아니라 법원 아니겠습니까?"

노형진은 웃으면서 독극물이 들어 있는 봉투를 흔들었다.

인생은 실전이다

"상대방도 변호사를 샀답니다."

서무학은 결국 변호사를 샀다. 하긴, 고소당했으니 적극적으로 방어하는 게 기본이기는 하다.

"그런데요?"

노형진은 무심하게 물어봤다. 상대방이 변호사를 사든 말든 자신은 자신의 일을 할 뿐이다. 그리고 상대방이 누구든 변호사는 변호사와 싸워야 하는 직업이다. 그런데 무태식은 왠지 흥분한 듯한 얼굴이었다.

"상대방이 이은영입니다."

"이은영?"

"이번 수석 졸업자 말입니다."

"네?"

"그래서인지 은근히 이번 사건에 신경 쓰는 사람이 많아졌습니다."

노형진은 과거의 수석 졸업자면서도 변호사의 길을 가기 위해서 나온 사람이다. 판사나 검사가 될 기회가 있는데 말이다. 그런데 그런 사람은 무척이나 드물다.

'그런데 그런 사람이 또 있다고?'

들어 보니 여자인 것 같았다. 여자라면 자신의 또래일 것이다.

"이번에 졸업하기는 했지만 나이는 노 변호사님보다 많습니다."

"그렇겠지요."

자신은 빨리 변호사가 되기 위해서 이런저런 방법을 다 썼다. 검정고시로 중고등학교를 패스하는 것은 물론, 대학교조차도 독학사로 패스해 버렸다. 그에 반해 상대방은 그 과정을 그대로 다 밟아 왔을 테니 아무리 봐준다고 해도 스물네 살이나 되었을 것이다.

"스물다섯 살입니다."

"그렇군요. 그런데 그거랑 무슨 관계가 있는 겁니까?"

"신구의 대결이죠."

"신구의 대결?"

"역대 최연소 변호사와 이번 수석 졸업자의 대결. 사람들이 관심을 가질 만하지 않습니까?"

"그다지."

'별게 다 관심이다.'

어차피 상대방이 누구든 노형진은 신경 쓰지 않는다. 사실 그럴 수밖에 없다. 회귀 전 그는 수많은 변호사들과 만났다. 특히나 좀 실력이 있다는 사람들은 대부분 만나 봤다. 하지만 그 어디에도 이은영이라는 이름은 없었다.

'현실에 적응하지 못한 거지.'

국·영·수를 외우듯 공부하는 것과 사건을 통찰하는 것은 전혀 다르다. 회귀 전에 그가 몰랐다는 것은 공부는 잘했는지 모르겠지만 적어도 사건에 대한 통찰력은 부족한, 실력이 있는 사람은 아니었다는 뜻. 대법관 출신의 전관 변호사까지 쓰러트리면서 전승의 신화를 이끌어 가던 노형진이었기에 그런 애송이에게는 그다지 관심이 없었다.

"각 로펌에서도 그녀를 빼 가려고 많이 노력했는데 아직 결정된 건 아니라고 합니다. 일단은 개인적으로 활동하는 모양입니다만."

"그래요?"

"걱정되지 않으십니까?"

솔직히 워낙 기대주라는 말이 많아서 그런지 무태식은 걱정되는 모양이다. 하지만 노형진은 고개를 흔들었다.

"뭐, 공부하는 머리와 사건을 해결하는 머리는 전혀 다릅니다."

"네?"

"보시면 알 겁니다."

솔직히 노형진은 살짝 기대하기는 했다. 물론 그건 그녀가
얼마나 자신에게 잘 방어하느냐가 아니라 얼마나 버티느냐
라는 것이지만.

"한번 기대는 해 보죠."

⚖️

"재판을 시작하겠습니다."

드디어 시작된 재판. 두 천재의 싸움이라서 그런지 오늘은
방청하러 온 사람도 많았다. 그리고 그걸 보고 힐끗 상대방
변호사를 본 노형진은 고개를 흔들었다.

'얼었군.'

척 봐도 이은영은 얼어 있었다. 안 봐도 뻔했다. 지금까지
해 본 사건이 얼마 되지 않을 것이다. 나름 천재 소리를 들으
면서 일단 작은 사건 몇 개를 해결했을 테지만 이렇게 주변
의 관심을 받는 사건을 맡는 건 처음일 것이다. 그저 간단한
사건이라고 수임했는데 전 수석 졸업자라니. 그것도 작년이
다. 작년 수석 졸업자가 상대방이 되어 버리니 호사가들이
관심을 가지지 않을 수가 없었다. 그리고 그런 관심을 처음

받은 그녀는 얼어붙은 것이다.

"원고 측 변호인, 진술하세요."

"친애하는 재판장님, 이번 사건은 피고 서무학이 원고 측의 개 럭키가 사망하자 해당 개의 무덤을 도굴한 다음, 무단으로 사체를 절취하여 식용으로 사용한 사건입니다. 피고는 개고기를 사고파는 것을 생업으로 삼고 있으며 사건 전부터 수차례에 걸쳐서 럭키의 판매를 요구하고 있었습니다. 그러나 원고 측은 판매를 거부하였고 그 와중에 럭키가 사망하자 해당 무덤을 도굴하여 럭키의 사체를 무단으로 절취하여 식용으로 판매했습니다. 이는 명백하게 현행법 위반입니다. 이에 손해배상을 청구하는 바입니다."

노형진의 말에 이은영은 침을 꿀꺽 삼켰다.

'이길 수 있을까?'

전설까지는 아니지만 노형진이 이룩한 업적은 사법연수원에서 제법 유명했다. 아무래도 재판을 대비하는 곳이다 보니 일종의 가상 법원 같은 곳을 만들고 연습도 하는데, 그곳에서도 단 한 번도 진 적이 없는 사람이었다.

'나이도 어린데.'

나이가 어린 것은 둘째 치고 그의 전적은 화려하기 이를 데가 없었다. 소문에 의하면 대룡에서조차 그를 관심 있게 본다고 하지 않았던가.

'그래, 이길 수 있다.'

그녀는 당차게 일어났다. 어차피 떨치고 일어나야 한다면서 말이다.

　"재판장님, 이번 사건에서 피고는 확실히 럭키의 사체를 취득하여 가공해서 판매하긴 하였습니다. 하나 해당 개는 이미 사망한 상태였습니다. 즉, 해당 개의 사망으로 인해 원고의 소유권은 소멸된 상태이며 이를 묻는 순간, 즉 폐기하는 순간 그 소유권 역시 포기했다고 볼 수 있습니다. 분묘에 대한 보호는 인간을 대상으로만 성립되는 바, 해당 분묘의 파손 및 절취에 대한 손해배상은 부당하다 할 것입니다."

　'쯧쯧쯧.'

　노형진은 그걸 보고 혀를 찼다.

　'내가 언제 분묘의 파손에 대해서 따졌냐?'

　분묘의 보호는 인간에 대해서만 해당된다. 개의 분묘까지 보호해 줄 정도로 세상은 만만하지 않다. 그렇기 때문에 노형진은 그 부분은 소장에 넣지도 않았는데 그쪽에서 먼저 그 이야기를 꺼낸 것이다.

　'아직 애송이네. 그러고 보니 변호사로서 공격하는 건 처음인가?'

　생각해 보니 노형진이 변호사로서 원고 측에 서서 제대로 공격하는 건 처음이었다. 물론 비공식적으로는 여러 번이지만.

　'내가 불쌍해서 살려 준다.'

　당당하게 말하고서는 자기가 잘한 건가 고민하는 이은영

을 보고 노형진은 혀를 끌끌 찼다.

"저는 분묘의 파손에 대해서 언급한 적이 없습니다만?"

"아······."

그 말에 아차 하는 얼굴이 되는 이은영.

"그 부분은······ 철회하겠습니다."

사실 잡고 늘어지려면 못 할 건 없지만 그것보다 더 많은 건수도 있는데 사소한 걸로 재판을 질질 끌고 싶지는 않았다.

"흠······."

판사는 묘한 표정이 되었다. 그가 봤을 때는 양측 다 맞는 말이었기 때문이다.

"양측 다 자기주장을 한번 해 보세요."

드디어 시작된 싸움. 노형진은 앞으로 나가서 이은영을 바라보았다.

"피고 측 변호인, 변호인의 주장은 사망과 동시에 그 소유권이 소멸한다는 것이지요."

"그렇습니다."

"그렇다면 개는 법적으로 어떠한 것입니까?"

"그거야 소유물입니다. 그러나 개가 사망하였으니 그 소유권이 종결된 것입니다."

'걸렸다.'

저들의 주장에는 논리적인 오류가 있었지만 그들은 그걸 모르고 있었다. 그리고 그게 이번 공격의 핵심이었다.

"그렇습니다. 개는 법적으로 소유물 객체입니다. 애견인들의 주장이야 어떻든 간에 법적으로는 그저 물건에 지나지 않습니다."

그 말에 고개를 갸웃하는 이은영이었다.

'왜?'

자기들한테 불리한 말을 하는 변호사라니? 이해할 수가 없었다.

"그렇다면 그 물건의 소유권의 소멸이 언제인지 봐야 할 것입니다. 만일 제가 가진 핸드폰이 고장 났다면 그건 가치가 없는 것이라 할 수 있습니다. 그렇다면 제가 가진 핸드폰의 소유권은 소멸한 것인가요?"

그 말에 이은영은 아차 했다. 자신의 말이 함정에 빠졌다는 걸 알아챈 것이다. 만일 생명체로 본다면 소유권을 운운하기가 곤란해진다. 즉, 물체가 아니기 때문에 소유권 포기 주장이 먹히지 않는 것이다. 그러나 물체로 본다면 죽든 말든 그 소유권이 사라지는 건 아니다. 어느 쪽이든 자신은 논리적 함정에 빠진 것이다.

"핸드폰은 고쳐 쓸 수 있지만 개는 아닙니다. 사망하면 부차적인 이용 방법이 없습니다."

"부차적인 이용 방법이 없다고요? 피고가 해당 개의 사체를 절취하여 가공·판매한 것은 사용한 것이 아닙니까? 또한 동물의 경우, 박제를 통하여 과거의 형태를 유지한 채로 보관하는 것이 가능합니다. 그뿐만 아니라 탄소 기반 석화 작업을 통하여 보석화시킬 수 있습니다."

"보석화?"

"참고 자료로 제출합니다. 반려견 또는 반려짐승의 사체를 소각 후, 탄소 결정화하여 보석으로 만드는 업체의 팸플릿입니다. 보다시피 애견이 사망하였다 하더라도 그 사체가 완전히 썩어서 소멸하지 않는 이상 그 사체에 대한 이용은 가능하니 사망과 동시에 그 소유권이 소멸한다고 볼 수는 없습니다."

노형진의 말에 멍해진 이은영이었다. 선배들로부터 괴물 같은 사람이라고 듣기는 했지만…….

'완전히 예상했다는 소리잖아?'

지금 그의 주장은 자신이 한 주장에 대한 반박이었다. 현장에서 생각한 거라면 저런 팸플릿이 있을 리가 없다. 즉, 그는 자신이 이런 주장을 할 거라고 예상하고 그걸 반박하기 위한 자료를 가지고 온 것이다.

"피고 측 변호인, 할 말 없습니까?"

"그게……."

뭐라고 반박해야 하는데 자신의 논리가 막혀 버렸기 때문에 뭐라고 할지 머리가 띵해지는 기분이었다.

'경험 부족이군.'

누가 봐도 경험 부족으로 인한 모습이었기에 노형진은 고개를 흔들었다.

'어쩐지 이름이 기억이 안 나더라.'

변론하다 보면 역공당하는 건 부지기수다. 그런데 그걸 가지고 당황해서 허둥거리면 제대로 될 리가 없다. 사법연수원에서 가상 재판을 한다지만 그건 일종의 짜고 치는 고스톱이다. 현실의 재판과는 전혀 다른.

"없습니다."

결국 반격하지 못하는 이은영. 그게 그녀의 실수였다. 노형진은 그 틈을 노리고 치밀하게 파고들었기 때문이다.

"결과적으로 해당 사체의 소유권은 아직까지 원고인 고광수에게 있다고 할 수 있습니다."

"소유권이 그에게 있다는 건 인정합니다. 하지만 그 관리를 포기한 이상, 그 권리 또한 포기했다고 할 수 있습니다."

아예 소유권 자체를 인정하지 않으려다가 안 될 듯하니 아예 노선을 바꿔 버리는 이은영.

'생각보다는 적응이 빠른데?'

패닉에 빠져서 방어 방법을 찾지 못할 거라 생각했는데 생각보다 빨리 찾아냈다. 즉, 점유를 포기했다고 주장하려는 것이다.

"관리의 개념부터 확인해 주시기 바랍니다. 관리라는 것은 해당 물품을 지속적으로 관리하고 보존하기 위해서 하는 행위를 말합니다. 원고는 럭키의 사체를 지속적으로 관리하기 위하여 무덤의 형태를 만들고 그 안에 해당 사체를 넣었습니다. 또한 외부에 폐기한 것이 아니라 자신이 소유권을 가지고 있는 지역 내에 무덤을 만들었습니다. 이는 소유권을 포기한 것이 아니라 럭키의 사망으로 인하여 그 소유 대상을 다른 지역으로 이전하여 관리한 것으로 볼 수 있습니다. 피고의 변호인은 점유를 포기하였다고 주장하고 있으나 아까도 말했다시피 무덤을 만들고 관리했다는 것 자체가 점유를 포기한 것이 아닌 단순한 점유 장소의 변경에 지나지 않는다는 것을 뜻합니다."

노형진의 말에 판사는 자신도 모르게 고개를 끄덕거렸고 그걸 본 이은영은 자신도 모르게 입술을 깨물었다.

'저 논리를 어떻게 깨란 말이야?'

철저하게 논리적인 공격이다.

"피고 측 변호인, 할 말 없습니까?"

"하지만 무덤을 만든 이상, 점유를 이탈한 것으로 볼 수 있고……."

"점유 이탈이라는 것은 해당 물품에 대하여 완전히 관리가 불가능해질 때 성립하는 것입니다. 그러나 원고 측은 해당 무덤을 원고가 소유한 토지에 만들었고 그 위치는 원고의 집에서 채 50미터도 떨어지지 않습니다. 이게 과연 점유 이탈한 것이라고 볼 수 있을까요?"

"……."

그 말에 이은영은 할 말이 없었다.

"피고 측, 할 말 없습니까?"

"없습니다."

"원고 측은?"

"없습니다."

"그럼 다음 변론 기일을 잡겠습니다. 다음 기일은……."

⚖

"대단하네요."

결국 이은영은 찍소리도 못 하고 나갔다. 무태식은 그걸 보고 혀를 내둘렀다. 그래도 천재라고 불리던 사람이니 어느 정도 대항은 할 거라 생각했는데 제대로 반격도 하지 못한 것이다.

"실력 부족입니다."

"실력 부족?"

"사법시험부터 사법연수원까지 그저 달달 외우면서 공부하는 형태이다 보니 통찰력이 부족해지죠. 그러니 사건의 중심에 다가가지 못한 겁니다."

"아."

하긴, 무태식 역시 마찬가지다. 노형진과 함께 여러 사건을 할수록 그가 대단하다고 느끼는 건 그가 법전을 달달 외우기만 한 것이 아니라 그 사건 자체를 이해하고 있다는 점 때문이다. 그 덕분에 그는 어떤 법이 있고 해당 사건이 어떤 조항에 해당되는지 그리고 어떻게 공격하고 방어할지를 알고 있다.

"그럼 이은영은 다음에 어떻게 할까요?"

"아마도 지속적으로 점유 이탈물 횡령을 주장하겠지요. 사실 자기 토지 내부에 있다고 해도 스물네 시간 내내 관리하는 건 불가능하니까요."

"그런다고 해서 손해배상을 하지 않는 건 아닐 텐데요?"

어찌 되었건 점유 이탈물 횡령이라고 할지라도 손해배상은 피할 수 없다. 점유이탈물횡령죄라는 죄가 있기 때문이다.

"그러니 배상액을 줄이려고 하는 데에 집중할 겁니다. 그녀에게는 그게 최선이니까요."

"그럼 노 변호사님은요?"

"복수해 드려야지요."

"네?"

형진은 그동안 몇 가지 가능성을 알아보고 있었다. 그러던 중 생각보다 재미있는 사실을 알 수 있었다. 그가 주변에서는 제법 유명한 개장수라는 것을 말이다.

"이번 사건에서 우리가 수임받은 건 단순히 승리가 아닙니다. 복수죠."

"하지만 법률상 복수는……."

"압니다. 불법이죠. 하지만 법적인 복수는 합법입니다. 제대로 민사재판하는 거 못 보셨죠?"

"솔직히 말하면 그렇습니다."

"민사는 상당히 많은 사건이 복수입니다. 금전적인 보상을 원하는 깔끔한 사건이 아니에요."

"네?"

이해할 수 없는 말에 무태식은 고개를 갸웃했다. 하지만 노형진은 설명하지 않았다. 그것 역시 머리가 아닌 가슴으로 배워야 하기 때문이다.

"나중에 아시게 될 겁니다."

민사사건의 대부분은 사실 그 피해에 대한 배상보다 심리적 고통에 대한 배상에 비용이 더 많이 든다. 그럼에도 불구하고 많은 사람들이 소송을 진행하기 위해 기꺼이 손해를 감수하고 변호사를 산다. 그 이유는 간단하다. 민사의 상당 부분이 법적인 복수를 원하는 경우이기 때문이다. 제대로 감정적 충돌이 있는 사건을 맡아 보지 않은 무태식은 모르겠지만.

'이번 사건도 마찬가지.'

고광수는 돈 때문에 하는 게 아니다. 자신의 가족이었던 럭키에 대한 복수를 원하는 것이다. 그리고 그런 경우는 변호사는 승리보다는 복수에 좀 더 신경 써야 한다.

"그럼 단순히 배상금을 받는 게 아니라 복수해야 한다는 건가요?"

"그렇습니다."

"하지만 무슨 수로요?"

민사에서 받을 수 있는 배상금은 뻔하다.

"이런 경우에는 민사소송이라는 것은 일종의 도구가 되는 거죠."

"도구? 결판을 내는 현장이 아니구요?"

"네, 유능한 변호사는 모든 걸 도구로 사용할 줄 알아야 합니다."

여전히 무태식은 모른다는 얼굴이었다.

"반갑습니다."

노형진은 재판이 없는 날을 이용해서 고광수의 주변 동네로 향했다.

"그 인간? 하긴, 개고기라면 환장했지."

여기저기서 들리는 사람들의 의견. 그들의 의견은 비슷비슷했다. 개고기라면 환장한다, 안하무인이다, 배운 게 없어서 무식하다 등등. 그러나 노형진이 노리는 것은 그런 게 아니었다.

"죽은 개?"

"네."

노형진이 알아보고 다니는 것은 다름 아닌 죽은 개였다.

"죽은 개야 많지."

"그럼 그중에서 이상하게 죽은 개도 있습니까?"

"이상하게 죽은 개라니?"

"가령 급사한 개라든가."

"급사라."

"개도 급사를 하나?"

"좀 덩치 있는 개들로요."

"덩치 있는 개들?"

"그렇습니다."

노형진의 말에 고개를 갸웃하는 남자. 그런데 그 옆에서 듣고 있던 남자가 끼어들어 참견했다.

"아! 거 있잖아, 최씨네. 김씨네도 있고."

"그러네! 그러고 보니 박씨네도 그런 일이 있지 않았어?"

하나가 기억나기 시작하자 봇물 터지듯이 떠오르는 기억들. 그리고 그 얘기들을 들은 노형진은 고개를 끄덕거렸다.

'역시나.'

대부분의 범죄가 그렇듯이 '오늘부터 범죄자가 되어야지.' 하고 범죄를 저지르는 게 아닌 사전에 여러 번 해 보는 경우가 많다. 이번 희생자는 고광수 씨일지도 모르나 이번이 처음인 건 아닐 것이다. 그 범죄를 처음 저질러 봤다고 하기에는 그가 이상하리만치 능숙하게 움직였던 걸 형진이 기억하고 있었기 때문이다.

"왜 그러는데?"

"사실은 말이죠."

노형진은 사람들에게 지금 벌어지고 있는 일과 서무학이 한 일을 이야기하기 시작했다. 그리고 사람들의 입이 쩍 벌어졌다.

"이런 처죽일!"

"그러고 보니 우리 동네랑 이 주변에 이상하게 급사하는 개들이 많지 않아?"

"그러네! 맞아!"

이야기를 들어 보니 이 주변에는 이상하게 급사하는 개들이 많은 편이란다. 멀쩡하던 개들이 하루 이틀 만에 픽픽 죽어 나가서 사람들이 이상하게 생각하기는 했지만 의심하지는 않았다는 것이다.

'하긴.'

그 누가 자기네 개를 죽일 거라 예상하겠는가?

"그럼 서무학이 그 짓을 한 겨?"

"의심은 갑니다만."

"이런 쌍놈의 새끼!"

"그놈의 새끼, 예전부터 마음에 안 들었어. 잠깐 기둘려. 내 얼른 가서 사람들을 데리고 올 테니."

분연하게 일어나는 아저씨들을 보면서 형진은 미소를 지

었다.

⚖️

"친애하는 재판장님."

아니나 다를까, 이은영은 점유 이탈물 횡령을 주장하고 나왔다. 그나마 그래야 피해를 줄일 수 있기 때문이다.

"피고가 키우던 개가 사망하자 피고는 해당 개의 사체를 땅에 묻었습니다. 이는 명백하게 럭키의 사체가 관리를 벗어났다고 볼 수 있습니다. 따라서 이런 경우 절도가 아닌 점유 이탈물 횡령에 해당될 뿐입니다."

절도일 경우에는 형사처벌까지 받아야 하지만 점유 이탈물 횡령은 그저 벌금 얼마만 물고 끝이기 때문에 이은영은 어떻게 해서든 점유 이탈물 횡령을 주장해야만 했다. 하지만 노형진에게는 그런 그녀의 주장을 반박할 방법이 많았다.

"점유 이탈물 횡령은 해당 물건이 원래 주인이 그 관리 및 유지를 할 수 없는 상황에 처했을 때에만 성립됩니다. 그러나 럭키의 시신은 땅에 묻었다고 하나 여전히 원고의 관리하에 있다고 볼 수 있습니다. 만일 피고 측 변호인의 주장대로 자신의 손에서, 또는 시야에서 사라졌다는 이유로 점유 이탈물이 성립하게 된다면 사람들이 가지는 대부분의 물품에 대한 소유권 유지가 힘들어집니다. 가령 자동차의 경우, 사람들이 그걸 스물네 시간 시야 안에 두는 경우는 없다고 봐도 무방합니다. 기본적으로 자동차는 주차장이라고 하는 관리 구역 내에 주차함으로써 그 관리를 계속하기 때문입니다. 이번 사건 역시 럭키의 시신은 원고인 고광수 씨의 토지 내에 매장함으로써 그 관리 구역 내에 있다고 볼 수 있으니 서무학 씨는 해당 관리 구역 내에 있는 럭키의 시신을 절도한 것이 맞습니다. 더군다나 개라는 것은 일반적인 교체 가능한 재산이 아닌 가족과 함께 살아온 생명을 가진 짐승이니, 피고 측 주장과는 다르게 감정적 교류가 가능하다는 점을 감안해야 합니다. 즉, 피고는 원래 개의 일반적인 가격에 더불어서 정신적 피해까지 보상해야 합니다."

그 말에 판사는 이은영을 바라보았다. 반박해 보라는 뜻이다.

"그러니까······."

이은영은 그 시선을 받자 그대로 얼어붙었다. 뭐라고 해야 하기는 하는데 할 말이 없는 것이다. 아니, 머릿속이 캄캄했다.

'역시 미숙해.'

결정적인 순간에 누군가 압박을 주면 그대로 얼어 버린다. 오로지 암기로만 시험을 통과한 사람들에게서 많이 나타나는 현상이었다. 암기만 했을 뿐이지, 적용하지 못해서 완전히 새로운 문제가 생기면 말문이 막혀 버리는 것이다.

'이건 기본 아냐?'

이번에 자신이 언급한 정신적 손해배상은 이런 소송에서 기본적으로 언급될 수밖에 없는 사항이다. 그런데 그걸 예상하지 못하고 그대로 얼어붙다니.

　'어쩐지 기억에 없더라.'

　아무래도 자신의 기억에 없는 이유가 저런 실수를 이겨 내지 못해서일 것이다.

　'대형 로펌을 가고 싶어 하는 이유가 있다는 걸 모르네.'

　변호사들이 대형 로펌에 소속되고 싶어 하는 이유는 많다. 그중 하나가 바로 뒤처리다. 이은영이 저지른 것과 같은 실수를 하면 대형 로펌은 능숙한 변호사에게 2심을 처리하게 한다. 그리고 개인이 아닌 로펌을 보고 오는 사건이기에 그런 사건을 배당해서 실전 감각을 익히게끔 하기도 한다. 새론이 자신에게 사람을 보내는 것처럼 말이다. 하지만 개인은 그게 안 된다. 실패한 사건을 다시 담당해야 하니 부담스러운 데다 실패했다는 소문이 나면 사건의 수임이 더 적어지기 때문이다.

　'쯧쯧…… 자존심 때문에 망쳤구나.'

　들기로는 대형 로펌에서 수석이라며 데리고 가려고 했다는데 이런 모습을 보여 주면 데리고 갈 리가 없다. 아마도 수석이니까 뭐든 혼자 해낼 수 있을 것이라 생각했을 것이다. 그러나 그건 진짜 그가 재판에 능숙할 때의 이야기이고, 그런 인간들은 못해도 1억 이상의 연봉을 요구한다.

　'내가 불쌍해서 봐준다, 진짜.'

허둥대는 이은영을 보고 있던 노형진은 고개를 흔들면서 일어났다.

"재판장님, 청구 사실을 변경하고자 합니다."

"청구 사실 변경?"

그 말에 고개를 갸웃하는 사람들. 청구 사실 변경이란 말 그대로 재판의 기본이 되는 청구 내역을 변경한다는 것인데, 작은 것이 아닌 경우라면 아예 재판을 처음부터 해야 하는 경우도 있다. 그리고 보통은 사건을 질질 끌 때 쓰는 방법 중 하나이다.

"뭡니까?"

"피고에 대하여 절도로 인한 손해배상이 아닌 재물 손괴와 무단 침입, 절도 이 세 가지로 인한 손해배상을 청구하는 바입니다."

"재물 손괴? 무단 침입? 그게 붙으면 아예 처음부터 사건을 새로 시작해야 합니다."

"알고 있습니다. 재물 손괴와 무단 침입은 현재 경찰의 수사 중이므로 그 수사 결과가 나올 때까지 재판 기일을 변경해 주시기 바랍니다."

"수사 중이라고요?"

"그렇습니다. 이를 입증할 고발장 사본을 제출합니다."

고발장 사본을 건네자 그걸 넘겨받은 판사는 꼼꼼하게 살피기 시작했다. 그러고는 고개를 끄덕거렸다. 확실히 고발장

사본이 맞았다.

"현재 형사사건이 선행 중이므로 판결을 미루겠습니다. 정식으로 변경서를 접수하시고 나면 다음 기일을 통지하겠습니다."

그 말에 이은영은 묘한 얼굴이 되었다. 일단 자신이 쪽팔림을 당하면서 패배하는 최악의 경우는 피했지만 그 대신 생각지도 못한 사건이 끼어들었기 때문이다.

"이래도 됩니까?"

고광수는 뒤에서 보고 있다가 노형진을 따라 나왔다. 노형진이 고광수에게 오늘은 아드님과 함께 꼭 재판정에 나오라고 했기 때문에 결론이 나는 줄 알고 아들의 학교까지 쉬게 하고 데리고 왔는데 기일 변경이라니.

"원래 복수란 한 가지 방법이 있는 게 아니니까요."

"네?"

"기다리시면 압니다."

노형진이 고광수와 이야기하고 있는데 한 여자가 다가왔다. 바로 이은영이었다.

"노 변호사님, 오늘 그거……."

"그냥 후배님이 당황하는 것 같아서 약간 도와 드린 것뿐입니다."

"하지만 이건 재판입니다. 학연 지연을 따지는 건 싫어하신다고 들었는데요."

"그렇게 잘 말하면서 왜 재판정에서는 그렇게 얼어붙어요?"

그 말에 이은영은 할 말이 없었다.

"뭐, 걱정하지 마세요. 학연지연 때문에 물러난 게 아니라 복수의 피날레를 장식하려고 물러난 거니까."

"복수의 피날레?"

재판은 아직 끝나지도 않았다. 그런데 복수의 피날레라니?

"이봐, 고 씨! 고작 개 새끼 사체 한 개 가지고 이럴 거야, 정말?"

때마침 재판정에서 나오던 서무학은 고광수에게 다짜고짜 덤벼들었다.

"동네 사람들이 무섭지도 않아, 응? 동네 사람을 고소하고도 잘 살 수 있을 것 같아?"

전형적인 텃세를 부리면서 겁을 주는 서무학. 노형진은 그런 그에게 경고했다.

"그러는 당신이야말로 그 동네에서 더 이상 살기 힘들 텐데요?"

"뭐라고요?"

"뭐, 돈 들여서 변호사를 고용했는데 사건이 변경되었으니 이분이 계속해 주지는 않을 것 같고. 새로 변호사를 써야겠습니다."

"무슨 소리야? 그딴 소리는 들어 본 적도 없는……."

막 서무학이 말하고 있을 때 그에게 다가오는 건장한 체격의 두 남자.

"서무학 씨?"

"누구슈?"

한 덩치 하는 남자들이다 보니 서무학은 자신도 모르게 쪼그라드는 느낌이었다. 남자들은 서무학에게 다가가서는 종이 한 장을 내밀었다.

"서무학 씨, 당신을 불법 주거침입 및 재물 손괴 그리고 유해 화학물질 관리법 위반 및 식품위생법 위반으로 체포합니다. 당신은 변호사를 선임할 권리가 있으며 묵비권을 행사할 수 있습니다. 당신이 한 말은 법정에서 불리하게 사용될 수도 있습니다."

"자…… 잠깐, 무슨 소리야?"

하지만 경찰은 기다리지 않고 뒤로 돌아가서 그의 손목에다가 수갑을 채웠다. 재판 때문에 바글바글하게 모여 있던 사람들은 현장에서 수갑이 채워지는 모습에 그를 일제히 쳐다봤고 서무학은 발악적으로 몸부림쳤다.

"이게 무슨 짓이야! 이봐! 이게 어떻게 된 거야! 이 변호사! 이 변호사!"

마구 몸부림치면서 끌려가는 서무학. 그리고 패닉에 빠져서 멍하니 그걸 바라보는 이은영 변호사. 심지어 고소 대상인 고광수는 순간 상황을 이해하지 못해서 멍하니 그걸 바라보고만 있었다.

이것이 법이다

"이…… 이게 어떻게 된 일입니까?"

함께 움직이던 무태식조차 지금 무슨 일이 벌어진 건지 이해할 수가 없었다.

"보다시피 복수의 피날레죠. 사실 이 재판은 기껏해야 몇 백만 원 수준의 배상금이 나오고 맙니다. 그럼에도 불구하고 고광수 씨가 저한테 사건을 맡긴 건 복수를 하고 싶어서가 아닙니까? 그래서 제대로 복수해 드린 겁니다."

"그거야 그렇지만……."

고작 개의 사체를 훔쳐 간 사건일 뿐이다. 그런데 구속이라 니? 게다가 이야기를 들어 보니 범죄 사실도 하나가 아니다.

"노 변호사님, 설명 좀……."

무태식은 애타는 시선으로 노형진을 바라보았고 이은영 역시 이해할 수 없다는 시선으로 그를 바라보았다.

"간단합니다. 한 번 한 게 아니니까요."

"네?"

"주변에 조사해 보니 그 주변에서 이상하게 대형 견이 많 이 죽었단 말입니다. 그래서 럭키의 시신을 발굴해서 그중 일부를 연구소에 넘겼습니다. 아니나 다를까, 그 안에서 독 극물이 나오더군요."

"설마……."

"고광수 씨한테는 말했지만 아마도 저 녀석이 독극물을 이 용해서 럭키를 죽인 거죠."

그 후부터는 일사천리였다. 한 번이 아닐 거라는 가정하에 주변을 탐문해 보니 그런 식으로 사망한 개들이 한두 마리가 아니었던 것이다. 수년에 걸쳐서 이백 마리에 가까운 중대형 견들이 사망했고 그중에는 상당히 고가에 들어가는 종도 있었다.

"그리고 진술이 동일하더군요."

럭키는 사람의 이목이 없을 때 죽었지만 그렇지 않은 개들은 경련하면서 게거품을 물고 죽었다고 한다.

"현행법상 독극물을 이용하여 생명이 있는 짐승을 죽이는 것은 불법입니다."

"그럼 식품위생법 위반이라는 건?"

"고광수 씨에게는 죄송합니다만, 개는 개일 뿐입니다. 물건이죠. 즉, 누군가가 그걸 가공하면 그저 개고기일 뿐이라는 겁니다."

"……."

"그리고 식품위생법상 독극물을 먹고 사망하거나 그렇게 추정되는 어떠한 종류의 짐승도 도축하거나 유통시킬 수는 없습니다. 하지만 서무학은 개장수 일을 하면서 독극물을 이용해서 개들을 죽인다고 하더군요. 그러니까 그 독으로 주변의 중대형 견을 죽일 수 있었던 거고요."

원래 개 같은 걸 죽이려면 정식으로 허가받은 도축장을 지어야 하지만 그럴 돈이 없는 서무학은 간단하게 독극물로 개들을 죽여서 유통시킨 것이다.

"럭키의 시신이 있었기 때문에 그걸 증명하는 건 어려운 게 아니었습니다."

"그럼 이제…….."

"럭키의 사건 때문까지는 아니지만 실형은 피하지 못하겠죠. 뭐, 길어 봐야 1년이겠지만. 그리고 동네 사람들을 모아서 손해배상 청구를 준비 중이니까 아마 전 재산을 털리고 길바닥으로 쫓겨날 겁니다."

"흑흑."

갑자기 고광수는 눈물을 흘리기 시작했다. 그저 그를 법적으로 괴롭히는 것이 복수의 전부라고 생각했다. 그런데 노형진은 그를 결국 감옥이라는 곳으로 밀어 넣는 데에 성공한 것이다.

"비록 가족을 잃은 슬픔에 비할 바는 아니지만 이 정도면 충분히 복수라고 할 수 있을 것 같군요."

"감사합니다, 감사합니다."

고광수는 노형진의 두 손을 잡고 눈물을 뚝뚝 흘렸다. 누구도 하지 못한 일을 해내는 데에 그는 성공한 것이었다.

⚖️

"대단하십니다."

무태식은 짐을 정리하고는 노형진에게 말을 건넸다.

"뭘요."

"전 일이 이렇게 될 거라고는 생각하지 못했습니다."

남들은 작은 사건이라서 쪽팔리다고 대꾸도 하지 않았던 사건이었는데 그걸 받아서 승리 정도가 아니라 의뢰인이 원하는 대로 복수를 이룩해 낸 것이다.

"변호사니까요. 변호사는 법을 아는 고용인입니다. 만일 의뢰인이 원하는 게 있다면 그걸 위해 최대한 노력하는 게 할 일인 거죠."

보통은 변호사입네 하고 목에 힘주고 그저 나한테 맡기라고 하지만 말이다.

"아예 생각하는 방식이 다르네요."

그 말에 노형진은 씁쓸하게 웃었다. 다를 수밖에 없다. 한국식으로 생각하면 경쟁이 치열한 미국에서는 살아남을 수 없다. 물론 어느 정도 자리가 잡히면 가능하겠지만 그 자리라는 것도 기본적으로 실력이 있으니 인정해 주는 거지, 변호사라는 직업 자체만 보고 인정해 주는 게 아니다.

"그나저나 당분간은 혼자 계셔야겠습니다."

"그럴지도요."

무태식이 새론으로 돌아가게 되면 이 사무실에는 자신이 혼자만 남게 된다.

"사람을 구하기는 해야지요."

지금까지는 새론에서 보내 줬다지만 언제까지고 그럴 수

는 없는 노릇이다. 무태식이 막내라곤 하지만 무조건 회사를 확장할 수도 없는 노릇이니 무태식을 비롯한 사람들이 본격적으로 활동하게 되면 추가적으로 사람이 오지 않을 가능성이 높다. 물론 사건 기록은 지속적으로 공유해서 실력 향상에 도움을 주기야 하겠지만.

"하지만 당분간은 여유를 즐기고 싶네요."

노형진은 미소를 지었다. 진정으로 혼자 일어나는 시간이 된 것이다.

님은 이제 좆 된 거예요

"바다다!"

넓은 바다. 소금기로 가득한 바람. 그리고 출렁거리는 파도.

"좋구나."

노형진의 아버지 노문성은 흐뭇한 미소를 지었다.

"좋네요."

어머니조차도 행복한 얼굴이 되었다. 그리고 운전하는 노형진도 즐거운 얼굴이었다.

'그러고 보니 가족 여행은 오랜만이네.'

오랜만인 정도가 아니다. 회귀 전에는 누나가 결혼하기 전에 한 번 간 것이 전부다. 그러니 시간만으로 따지면 수십 년 동안 못 간 셈이다.

"그나저나 이래도 되는 거냐? 너 바쁘다면서?"

"이 정도 시간이야 뭐, 어렵지 않죠."

노형진은 가족들과 함께 바다로 여행을 온 것이다. 이제는 휴가철이 다 지나서 썰렁한 바다지만 사실 물에 들어가는 것보다 보는 걸 더 좋아하는 가족들에게는 이런 조용한 바다가 더 마음에 들었다.

"역시 돈 잘 버는 동생이 있으니 삶이 피는구나."

"누나는 돈 잘 버는 남친도 있잖아."

"돈 잘 벌 예정인 거지."

박광석은 예상대로 한국대 법대에 수석으로 들어갔다. 원래대로라면 형진이 후배가 되겠지만 이번에는 어쩌다 보니 노형진이 선배가 되어 버렸다.

"그나저나 의외구나. 네가 주식에 재능이 있을 줄이야."

"하하하."

노형진은 그냥 웃고 말았다. 사실 재능이 있는 게 아니라 대략적인 역사에 대한 지식이 있으니 그걸로 때려 맞춘 것이다. 물론 어떤 회사가 어떻게 흥한다는 걸 기억하는 건 아니지만 어느 시점에 뭐가 유행하는지는 알고 있었다. 가령 지금 한창 주식을 끌어모으고 있는 네버라는 사이트는 지금이야 시작한 지 얼마 안 된 사이트지만 미래에는 한국 검색의 최강자라고 할 수 있는 상황이었다.

'그 덕분에 돈 좀 만지겠어.'

이것이 법이다

아직 상장도 안 된 그 기업에 노형진은 찾아가서 막대한 투자를 했다. 현재 주가가 한 주당 5천 원 선이다. 그러나 얼마 후면 한 주당 10만 원을 넘고 10년 후면 한 주당 50만 원을 넘는 가격이 된다. 열 배도 아닌 백 배 장사다.

'뭐, 오래 걸리기는 하겠지만.'

어쩔 수가 없었다. 세계적인 검색 엔진인 요들러에 밀려서 엄청나게 수입 상황이 안 좋다고 알려져 있으니까. 실제로 모 연예인이 아는 동생이 돈을 너무 빌려 달라고 해서 포기하는 심정으로 빌려준 돈이 5천만 원이었는데 그 대신 받은 게 네버라는 사이트의 주식이었다고 한다. 그 후에 인기가 떨어지자 그걸로 먹고산다고 웃으면서 방송에 나와서 말하기도 했다.

'뭐, 그 덕에 개털 됐지만.'

그동안 죽어라 모은 돈은 1억 5천. 그걸 한 방에 쏟아부어 버렸으니 망하면 훅 가는 거다.

'뭐, 변호사이니 굶어 죽지는 않겠지만.'

1억 5천을 투자했으니 예정대로 백 배로 뛴다면 150억.

'그나저나 돈이 더 필요한데……'

한국에 네버가 있다면 미국에는 잭슨이 있다. 그리고 지금은 잭슨이 있던 회사인 와이플 주식이 한창 똥값일 때다. 와이플을 만든 건 잭슨지만 일종의 경제적 쿠데타로 인해서 잭슨이 잘리고 난 후 제품을 출시하는 족족 망하고 있기 때문이다.

'몇 년 뒤에 와이폰이 나오지?'

와이폰. 전 세계를 뒤 흔든 역사 그 자체. 세계 1위 핸드폰 회사인 엔키아를 침몰시킨 괴물.

'하긴…… 제일 급한 게 스마트폰이더라.'

인터넷이 느린 것도, 컴퓨터가 느린 것도 참을 수 있지만 스마트폰의 부재는 참을 수 없었다. 한국에 들어오는 건 한참 지나서지만 곧 전 세계 핸드폰이 스마트폰으로 대체될 것이니 그 가능성은 무한하다.

'게다가 구걸에다가 타겟팅에다가…… 돈 벌 방법은 많네.'

문제는 돈 벌 건 많은데 거기에 투자할 돈이 부족하다는 것. 네버에 투자한 것도 장기적인 투자인 거지, 단기적인 투자는 아니다.

'단기적인 투자에 대해 알아야 뭘 하든 하지.'

문제는 단기적인 투자는 기업에 대해서 잘 알아야 한다는 건데 아는 게 없다는 것.

'단기적 투자라…… 어어어……?'

그 순간 창밖을 지나가면서 보이는 하나의 광고판. 허접하고 부족한 물건이지만 뭔지 알아볼 수 있었다.

"영화나 같이 볼까?"

"영화?"

"그러자꾸나. 가족 여행의 묘미란 뭐든 함께하는 거 아니겠니?"

누나의 말에 아버지도 고개를 끄덕거렸다. 그 순간 노형진은 머릿속에 뭔가 번쩍였다.

'그래, 영화!'

영화는 자신이 좋아하던 취미다. 그래서 개봉한 대부분의 영화를 봤고 어떤 영화가 흥하고 어떤 영화가 망했는지 다 기억하고 있었다.

'그리고 보니 〈극해도〉가 지금 한창 촬영하고 있는 거 아냐?'

자신의 기억이 맞는다면 〈극해도〉는 한국 최초로 관람객 수를 1천만 명을 넘긴 영화다. 그리고 지금 한창 자금 부족으로 난리 법석을 떨 상황이었다. 예상보다 스케일이 커져서 돈이 바닥을 드러내고 있다고 했으니까. 감독이 영화를 끝내기 위해 자기 전셋집도 담보로 잡았다고 했던가?

'그래, 영화!'

이후 〈극해도〉를 기점으로 〈전우의 길〉, 〈더 몬스터〉 같은 천만 영화들이 수두룩하게 튀어나온다. 그것뿐만 아니라 해외 영화들까지 생각하면 엄청난 수익이 나온다.

'그리고 영화 대부분은 막판에 돈이 부족하지.'

영화를 좋아하기 때문에 그 판에 대해서 잘 알고 있다. 영화는 대부분 막판에 돈이 많이 부족하다. 그럴 수밖에 없다. 찍다 보면 바닥나는 게 돈이니까.

'그렇다면……'

영화에 투자하면 못해도 몇 달 안에 막대한 배당금이 나온다.

'이거다!'

영화라면 환장했던 자신이니 투자할 것이 없는 게 아니었다. 어떤 게 망하는지 잘 알고 있으니 고민할 필요도 없다.

"형진아! 뭔 생각 하니? 운전을 해야지!"

"네? 아차차!"

노형진은 깜짝 놀라서 운전대를 바로 잡았다.

'돈도 중요하지만 죽으면 안 되지.'

다시 죽는 것은 사절이다. 하지만 그는 다시 생각에 빠졌다.

'그나저나 투자할 돈은 어디서 구하지?'

여전히 산 너머 산이었다.

⚖️

"여기까지 오면 당연히 사 가야지."

"거참, 그냥 시장에서 사."

"무슨 소리를 하는 거니! 김장 안 해? 소금 나쁜 거 쓰면 김장도 망하는 법이야."

바다를 보고 가는 건 좋았지만 어머니라는 존재는 그런 상황에서도 가족을 생각하고 있었다.

"소금 사 가자, 소금."

"네."

김장에 대비해서 소금을 사 가자면서 성화하는 어머니 때문에 노형진은 차를 근처에 있는 염전을 향해 몰았다. 바다의 한 면을 가득 매운 염전. 그리고 사방에서 풍기는 짠 내.

"아휴…… 짠 내."

"그러지 마라. 너도 결혼하면 알 거다."

"광석이는 내 손에 물도 안 닿게 한다고 했는데?"

"네 아빠는 그런 소리를 하지 않으셨을 것이라 생각하니?"

"어험험."

슬쩍 고개를 돌리는 아버지를 보고 피식 웃는 노형진.

"어서 오세요."

"소금 좀 봅시다."

"아이고, 잘 오셨습니다. 얼마나 필요하신데요?"

"한 다섯 포 정도."

"으엑! 그걸 다 뭐 하려고?"

"뭐 하긴, 좋은 소금 사는 게 쉬운 일인 줄 알아? 친척한테도 보내 줘야지."

"아, 진짜, 엄마!"

"너 나중에 결혼해서 반찬 가지고 가기만 해 봐."

"에헤헤, 사랑해요, 우리 엄마."

누나의 되지도 않는 애교를 보고 있던 형진은 바깥으로 천천히 나갔다. 그곳에는 여러 사람들이 돌아다니고 있었다.

'염전은 염전이구나.'

사방에 가득한 짠 내와 창고마다 가득한 포대들. 안에서 티격태격하는 모습을 보고 있자니 노형진은 왠지 가슴이 찡해졌다. 다시 한 번 보고 싶어 하던 평범한 일상이 눈앞에서 펼쳐지고 있었기 때문이다.

"어?"

그렇게 주변을 보던 노형진은 한쪽에서 두리번거리면서 움직이는 남자를 발견했다. 발을 절룩거리면서 걷는 남자는 주변을 끊임없이 경계하며 움직이고 있었기 때문이다. 그 덕분에 도리어 주변에서 그를 보고 있는지 모르는 모양이었다.

'뭐야? 도둑이 제 발 저리는 것도 아니고?'

자기가 큰 잘못을 한 것처럼 끊임없이 두리번거리면서 경계하던 남자는 버스 터미널로 향하기 시작했다.

'이상한데?'

그걸 본 노형진의 표정이 묘해졌다. 그도 그럴 것이, 행색을 보면 거지에 가까웠던 것이다. 깡마른 모습, 시커멓게 탄 피부, 꾀죄죄한 얼굴, 절룩거리는 발까지.

'근데…….'

그가 주머니에서 꺼낸 것은 백 원과 오백 원, 천 원이 한데 섞인 돈이었다.

'거지가 버스를 탄다고?'

아니나 다를까, 냄새가 난다면서 판매를 거부하는 직원. 그리고 찍소리도 못 하고 그곳에서 나온 남자. 그는 주변을 두리번거리면서 그곳에서 떠나려고 했다.

그 순간 저 멀리 다가오는 두 사람. 바로 경찰이었다. 그 남자는 경찰을 보고는 경련하듯이 바르르 떨더니, 그대로 몸을 돌려서 도망가려 했다. 그러나 경찰들은 마치 다 알고 있다는 듯이 다가와서는 그를 양옆에서 붙잡았다.

'거지인가? 그것도 아닌 것 같고? 수배자? 그것도 아닌데?'

어찌 되었건 경찰이 담당하게 된 사건이니 별로 신경 쓸 일이 아니라는 생각에 몸을 돌리던 노형진은 그 남자의 품에서 떨어진, 색이 바랠 대로 바랜 사진 한 장을 발견했다. 얼마나 꺼내서 만지작거렸는지 이제는 닳을 대로 닳은 사진.

"쩝."

모른 척하자니 입안이 씁쓸했다. 자신이 집안이 박살 나고 난 후 얼마나 가족이 그리웠던가?

"저기요."

결국 그걸 돌려주기 위해서 입을 연 노형진. 그러나 그가 경찰을 불러서 경찰이 그를 돌아봤을 때 노형진의 얼굴이 딱딱하게 굳어 있었다.

"뭡니까?"

"그 사람, 누굽니까?"

"거동 수상자입니다. 경찰서에 데려가려고요."

무심하게 대답하는 경찰. 하지만 노형진은 그 남자 앞을 가로막았다.

"임의동행입니까?"

"네?"

"임의동행이냐고 물었습니다."

"그거야…… 그렇지요."

"그런데 왜 소속을 말씀하지 않으시죠? 경찰청 규정상 먼저 소속을 말해야 할 텐데요?"

노형진이 나서자 옆에 있던 나이가 좀 있어 보이는 경찰이 얼굴을 찌푸렸다.

"당신이 뭔데 이래라 저래라야?"

"이런 사람입니다."

노형진이 변호사증을 내밀자 와락 구겨지는 두 경찰들의 얼굴.

"다시 한 번 묻겠습니다. 체포입니까, 아니면 임의동행입니까?"

"그게…… 임의동행입니다."

"그럼 동행하지 않아도 되는 거 아시죠?"

"그건…….."

"아저씨, 이 사람들이랑 같이 가고 싶어요?"

그 말에 노형진과 경찰들을 바라보던 남자는 격하게 고개를 좌우로 흔들었다.

"싫다는데요."

"하지만 이분은……."

"이분은 뭐요?"

"약간 장애가 있는 분입니다. 저희가 보호자분에게 데려다 드려야 하는데요."

그 말에 노형진은 피식 비웃음이 나왔다.

"보호자요? 보호자가 있기는 있습니까? 꼴을 보아하니 아무리 봐도 보호자가 있는 걸로는 보이지 않는데요?"

후줄근하다 못해서 찢어진 바지, 여기저기 구멍이 송송 난 티, 그 안에 보이는 시커먼 맨살 등등.

"있습니다."

"그럼 그분을 직접 모시고 오세요."

"네?"

"이분은 경찰과의 동행을 거부했으니 경찰이 데리고 갈 수 없습니다. 그러니 직접 데리고 가고 싶으시다면 그 보호자라는 분을 직접 모시고 오라고요."

당황한 얼굴이 되는 경찰들. 노형진은 어리둥절한 표정의 남자의 팔을 붙잡았다.

"싫습니까?"

"그건······."

"아니면 직접 데려가지 못하면 곤란한 이유라도 있나요?"

그 말에 묘한 표정이 되는 두 사람. 노형진은 그런 짧은 변화를 놓치지 않았다.

"싫으신가 보군요."

"변호사라고 해도 이래도 되는 겁니까?"

"물론 안 됩니다. 이건 협조 요청일 뿐이죠."

"그럼 가세요, 일 방해하지 마시고."

"뭐, 그렇게 말씀하시면 저도 할 말이 없기는 한데, 과연 검찰과 법원에서 장애인에 대한 불법 연행에 대해 뭐라고 할지 참 궁금하네요."

그 말에 나이 많은 경찰의 얼굴이 와락 일그러졌다. 검사와 판사는 당연히 변호사의 편이다. 동기니까. 그리고 선후배니까.

"자, 어쩔 겁니까?"

"그렇게 싫어하시면…… 실례하겠습니다."

결국 포기하고 몸을 돌려서 가 버리는 경찰들. 노형진은 고개를 흔들었다.

'저런 놈들이 경찰이라고…….'

경찰들이 썩었다는 사실은 잘 알고 있다. 그리고 지역 토착 세력과 함께 있는 지역 경찰은 더욱 썩었다는 것도 알고 있다. 하지만 이건 단순히 한두 푼 받고 끝낼 일이 아니다.

"갑시다."

"어…… 저……어기……."

말을 제대로 못 하는 남자. 노형진은 그를 보면서 숟가락을 뭔가 먹는 시늉을 했다.

"식사 안 하셨죠? 배 안 고프세요? 밥 먹어야지요, 밥."

"밥……."

밥이라는 말에 눈이 휘둥그래진 남자는 형진을 따라왔고 노형진은 근처에 있는 국밥 집으로 향했다. 결과적으로 냄새 때문에 들어가지는 못하고 바깥에서 먹여야 했지만.

"야, 노형진! 여기서 뭐 하는 거야?"

잠깐 나간 줄 알았던 노형진이 오지 않자 그를 찾아다니던 가족들은 얼굴을 찌푸렸다. 어딜 갔나 했더니만 어디서 거지를 데려다가 밥을 먹이고 있었기 때문이다.

"그 사람은 누구냐?"

아버지는 얼굴을 찌푸렸지만 뭐라고 하지는 않았다. 노형 진이 이렇게 하는 데에는 다 이유가 있기 때문이다.

"이분요?"

"그래."

"염전 노예예요."

노형진의 말에 가족들은 침묵했다.

⚖

염전 노예. 염전에서 일하는 사람들을 뜻한다. 그들은 장 애인이나 노숙자와 같이 어떠한 사유로 인해 제대로 된 일자 리를 구하지 못한 사람들이다. 이를 이용해 노예 상인들은 그들을 납치해 구타하면서 공짜로 부려 먹는다.

'이놈의 문제는 해결이 안 돼.'

노형진의 기억이 맞는다면 1994년에도 이런 뉴스를 봤고 1998년에도 이런 뉴스를 봤으며 먼 미래인 2014년에도 이런 뉴스를 봤다. 이쯤되면 해결되지 않는 게 아니라 정부에서 해결할 생각이 없는 것이다.

'젠장.'

일단 가족들을 숙소로 보낸 노형진은 병든 닭처럼 꾸벅꾸벅 조는 남자를 보면서 고민에 빠졌다.

'그냥 두고 볼 수는 없는 노릇이고.'

사람들은 간단하게 생각한다, 그러면 주변에 도움을 요청하거나 신고하면 되지 않느냐고. 하지만 주변 역시 그런 염전 노예를 사용하는 인간들인 데다가 이런 지역은 좋게 말하면 정이 있지만, 나쁘게 말하면 거대한 부패 카르텔이나 마찬가지다. 가령 경찰에 도움을 요청하면 그들은 사건을 해결하는 게 아니라 그를 잡아서 주인이라고 주장하는 놈에게 돌려보낸다.

'경찰은 절대 아니라고 하지만.'

실제로 몇 번이나 그런 사건이 터졌다.

'이대로 두고 가자니……'

경찰이 아니더라도 동네 사람들이 잡아다가 넘겨줄 게 뻔하다.

'이럴 때는 진짜 사람이 있어야 하는데.'

노형진은 고개를 흔들었다. 사람이 있다면 당장 불러서 대신 경계를 맡기면 되는데 지금은 사람이 없다.

'내가 가자마자 사람부터 뽑는다.'

그는 그렇게 생각하면서 전화기를 들었다. 이럴 때 도와줄 수 있는 사람이 딱 한 명 있었다.

"송 변호사님, 저 노형진입니다."

⚖️

"늦은 시간에 죄송합니다."

"아닙니다. 해야 할 일이니까요."

무태식은 서울에서 여기까지 미친 듯이 달려왔다. 그리고 해가 떨어지고 나서야 현장에 도착할 수 있었다.

"이 사람인가요?"

"네."

"반갑습니다. 무태식이라고 합니다."

무태식은 돌아가고 난 후 상당한 실력을 쌓으면서 승승장구하고 있었다. 그러나 그럼에도 불구하고 여기까지 달려와 준 것이다.

"경찰이 한번 끌고 가려고 했습니다. 그러니 절대 시야 밖에 놔두면 안 됩니다."

"그건 알겠는데 어쩌려고요?"

"가족들을 찾아야지요."

"가족들을요?"

"우리가 이 사람을 대신할 수는 없잖아요?"

"끙…… 그렇지요."

노예로 잡혀 있다고 하더라도 누군가의 동의 없이 그를 구하거나 대신할 수는 없다. 결국 그를 대신할 수 있는 누군가의 동의가 있어야 한다. 문제는 그런 사람을 구하는 게 쉽지 않다는 것.

"하지만 뭐가 있나요?"

"이거요."

노형진이 꺼내 든 것은 사진이었다. 남자가 흘린 단 한 장의 가족사진.

"그걸로 어떻게 찾으려고요?"

"방법이 있습니다."

"방법? 어떻게?"

이름을 아는 것도 아니고, 그렇다고 일일이 사람들의 얼굴을 사진과 비교하며 찾아다닐 수도 없는 노릇이다. 사실 한국에서 사진 한 장만 가지고 누군가를 찾는다는 건 불가능한 일이다.

"저만의 방법이 있으니까 무변호사님은 이 사람을 좀 지켜주세요. 일단…… 목욕부터 시키고 옷을 좀 사 입혀야겠네요."

그 말에 무태식 변호사는 얼굴을 찡그렸다.

이것이 법이다.

"흠…… 계산해 보니까…… 대략…… 안양쯤이군요."

대학 교수는 측정값을 내밀면서 말을 꺼냈다.

"오차는 대략 한 500미터일 겁니다."

"감사합니다."

"별말씀을요. 그런 일이라면 언제든지 도와 드리겠습니다."

노형진은 사진을 가지고 관련 학과에 가서 분석을 의뢰했다. 이유는 간단하다. 사진이 한낮에 바깥에서 찍은 것이라 시간의 흐름에 따라 사진 속의 그림자가 다르게 생겼다는 점을 이용해서 삼각측량법을 통해 위치를 역산하려는 것이다. 이는 미국에서는 상당히 인정받는 조사법이지만 한국에는 그런 전문가가 없어서 대학 교수들에게 부탁해야 했다.

"그나저나 저희도 방법은 알고 있지만 전문가는 아니라서 정확하지가 않네요."

"아닙니다. 그 후부터는 발로 뛰어야지요."

어차피 한두 해 전 사진도 아니고 못해도 10년은 넘은 것으로 보이는 사진이다. 그러니 운이 나쁘다면 이사를 갈 수도 있는 것이다.

"일단 가서 제가 발로 뛰어서 찾아보겠습니다."

노형진은 인사를 건네고는 바로 사진에 나타난 지점으로 향했다. 높지 않은 산 주변으로 모여 있는 수많은 집들. 다행히 집들이 있는 곳은 개발되지 않았는지 그다지 변화가 없어 보였다.

"여기로군."

사진을 찍은 걸로 보이는 건물 앞에 선 노형진은 사진과 건물을 비교했다. 리모델링을 했는지 외관은 바뀌었지만 위치나 건물의 전체적인 형태는 그 건물이 맞았다.

"실례합니다."

노형진이 가게 안으로 들어가자 고개를 삐쭉 내미는 남자.

"어서 오세요."

"뭐 좀 여쭤 보려고 하는데요."

"무슨 일입니까?"

"혹시 이 사진 속의 분들 중 아시는 분이 있습니까?"

노형진이 사진을 내밀자 남자는 힐끗 보더니 고개를 흔들었다.

"사진이 오래되어 보이네요. 우리는 여기에 온 지 오래되지 않아서요."

"그런가요? 그럼 이 근처에 오래 산 분들이 계십니까?"

"저 위에 있는 정자에 가 보세요. 거기에 노인분들이 나와서 시간을 많이 보내시거든요."

"감사합니다."

노형진은 감사의 인사를 건네고 그곳을 나와서 정자로 향했다. 그리고 그곳에서 어렵지 않게 사람들의 도움을 얻을 수 있었다.

"이거…… 성민이네 아녀?"

"성민이?"

"맞네. 성민이네."

"그럼 여기 사시는 분인가요? 혹시 어디 사시나요?"

그 말에 노인은 고개를 흔들었다.

"안 살어. 성민이가 실종되고 한 10년 있다가 이사 갔지."

"그게 한 10년 전인가?"

"네?"

순간 이해하지 못하는 표정이 되는 노형진이었다. 10년 있다가 이사를 갔는데 그게 10년 전의 일이라면 20년 전이라는 소리인데.

"그럼 이 남자가 성민이인가요?"

노형진은 뒤쪽에 서 있는 대략 20대쯤 되어 보이는 남자를 가리켰다. 그런데 노인분들은 고개를 흔들었다.

"아니. 그 애 말고 이 애야."

"네?"

그 남자 앞에 있는 남자아이를 가리키는 노인들. 그러고 보니 남자가 약간 어눌한 듯한 얼굴을 가지고 있었다.

"이 사람이라고요?"

"그래, 성민이가 사라진 게 20년 전이네, 벌써?"

그 말에 노형진은 깜짝 놀랐다.

'이 사람이라고? 도대체 어딜 봐서 30대라는 거야?'

다 빠진 이빨에 성성한 백발. 쪼글쪼글한 피부까지, 못해도 50대로 보였다. 그런데 아무리 봐도 사진 속의 아이는 10대 중반이나 될까 말까 한 나이. 즉, 20년이라고 해 봐야 이제 30대라는 소리다.

"어떻게 된 건지 아십니까?"

"성민이가 형인 성식이랑 놀러 갔는데 아차 하는 순간 봉고 차가 끌고 갔다는데?"

"봉고 차요?"

"그래, 경찰에 신고하고 난리를 피웠는데 결국 못 찾았다나 봐."

20년 전이면 아직은 인신매매가 길바닥에서 흔하게 벌어지던 시기다. 지나가다가 사람을 차에 태우고 무조건 가 버리는 것이다.

"결국 애아버지가 화병으로 죽고 엄마랑 성식이만 동네를 떠났지."

"혹시 어디 사시는지 아십니까?"

"모르지. 연락처도 안 남겼는걸."

"끄응……."

일단 이름과 사건을 알았으니 좀 더 찾으면 나올지도 모른다고 생각하는 그때였다.

"아! 맞다! 저기 방구네 할매!"

"방구네 할매?"

"아, 그때 성민이네 집 앞에서 구멍가게를 하던 할머니인데 성민이네 엄마가 혹시나 찾아오면 꼭 연락해 달라고 몇 번이나 왔었거든."

"그분은 아실지도 모른다는……?"

"그…… 글쎄…… 그 할매가 죽은 지도 3년이 넘어서."

"그 가게가 어딘데요?"

"저 아래 새로 싹 올린 건물 1층."

그 말에 노형진은 고개를 돌렸다. 그곳에는 아까 자신이 나온 그 가게가 보였다.

"끄응…… 무슨 똥개 훈련도 아니고……."

⚖️

"할머니 유품은 다 태웠는데요."

"그런가요……."

다행히 그 건물의 3층에 그 할머니의 가족들이 살고 있기는 했다. 하지만 혹시나 하는 연락처가 남아 있지 않았다.

"그럼 성민이 어머니의 연락처는 없겠군요."

"네."

"알겠습니다."

"잠깐만요. 성민이 어머니의 연락처는 없지만 형의 연락처는 있어요."

"네?"

노형진은 깜짝 놀랐다. 요 근래에는 어머니가 오지 않는다고 해서 완전히 포기하고 동사무소에 가서 읍소라도 해 봐야 하나 고민 중이었는데 형의 연락처라니?

"어머니가 이제 기력이 다해서 못 다니신다고 한번 왔어요. 혹시나 연락이 오면 꼭 연락 좀 달라고."

"혹시 그 연락처 좀 알 수 있을까요?"

"잠시만요."

할머니의 며느리라고 자신을 소개한 여자는 방 안을 한참 뒤지더니 쪽지에 적혀 있는 전화번호 하나를 줬다.

"이 번호예요."

"드디어······."

노형진은 감사의 인사를 건네고는 바로 전화기를 들어서 전화를 걸었다.

"네, 김성식입니다."

"안녕하세요. 전 변호사 노형진이라고 합니다."

"뭐라고? 이 새끼야! 여기가 어디라고 전화를 해?"

"네?"

"죽고 싶어? 청탁을 한다고 내가 들어줄 것 같아?"

전화기 너머로 노발대발하는 남자의 목소리에 노형진은 자신이 전화를 잘못 걸었나 하고 생각했다. 하지만 아무리 생각해도 아니었다. 분명 그는 자신을 김성식이라고 소개했다.

"저기요……. 청탁 때문에 전화한 거 아닌데요."

"뭐야?"

"혹시 김성민 씨라고 아십니까? 그분과 관련된 사건으로 전화를 걸었는데요."

그 순간 너머에서 들리는 침묵. 워낙 침묵이 깊어서 그 안에서 느껴지는 당혹감까지 느껴질 정도였다.

"너…… 그 이름, 어디서 들었어?"

"네? 저기 살던 동네분들한테서 들었는데요."

"너 뭐야! 왜 내 뒤를 캐고 다니는 거야?"

'뭐, 이리 예민해?'

노형진은 자신도 모르게 얼굴을 찌푸렸다. 자신이 무슨 죽을죄를 지은 것도 아닌데, 저쪽에서 이렇게 예민하게 구는 이유가 뭐란 말인가?

"뒤를 캐는 게 아니라 말입니다. 김성민 씨 가족을 찾다가 연락하게 되었습니다. 잘못 걸었다면 죄송합니다만."

"지금 뭐라고 했어? 성민이를 찾는다고?"

"아니요. 성민 씨 가족을 찾는다고……."

"그럼…… 성민이가 어디에 있는지 안다는 소리야?"

"일단 우리 쪽에서 보호를……."

"거기 어디야! 내가 당장…… 갈…… 젠장, 사람을 보낼 테니 거기서 꼼짝 말고 있어!"

"여기는 전에 살던 집인데요. 차가 있으니 주소를 불러 주시면 제가……."

그러나 간다는 말은 끝까지 하지 못했다. 전화가 끊어졌기 때문이다.

"뭐야, 이 인간?"

노형진은 전화기를 보면서 어이없어 할 수밖에 없었다.

⚖

"끙……."

자신을 데리러 온 시커먼 관용차. 그걸 타고 온 노형진은 그가 왜 그렇게 예민하게 굴었는지 알 것 같았다.

'중수부장이라니…….'

대검찰청 중앙수사본부 부장. 검찰 내 요직으로 승진 코스다. 그리고 그걸 보고 나서야 노형진은 김성식이라는 이름을 기억해 냈다. 검찰총장을 거쳐서 법무부 장관까지 했던 김성식.

'어쩐지…… 예민하더라니.'

대한민국의 검찰 4대 요직이라고 하면 대검찰청 중앙수사본부 부장과 각 지역 검찰청장, 공안부장, 법무부 검찰국장이 있다. 그리고 그중 최고는 중앙수사본부 부장이라고 할 수 있다. 실질적으로 전국에 있는 모든 사건에 관여할 수 있기 때문이다.

"실례합니다. 노형진입니다."

그가 사무실로 들어가자 직원들은 경계와 놀라움의 표정으로 그를 바라보았다. 그럴 수밖에 없는 게, 워낙 요직이다 보니 툭하면 변호사니 판사니 하는 놈들이 청탁하기 위해서 기어들어 왔고 김성식은 그 대답으로 그 사람들의 뒤를 캐내서 감방으로 보내 줬기 때문이다. 그 덕분에 누구도 청탁하러 오지 않았는데 다른 사람도 아니고 변호사를 차까지 보내서 데려오다니.

"안에서 기다리십니다."

"네."

노형진이 안으로 들어가자 반백의 머리를 가진 남자가 안절부절못하고 서서 왔다 갔다 하고 있었다.

"안녕하십니까? 변호사 노형진이라고 합니다."

"반갑네. 내 아까는 미안했네, 자리가 자리다 보니."

"아닙니다. 이해합니다."

"그런데 내 동생을 찾았다고?"

"찾았다기보다는 우연히 보호하게 되었는데 가족분들을 찾다 보니……."

"그런데 어떻게 찾은 건가? 아니, 살아 있긴 하나? 시체를 찾은 건 아니지? 검사가 아니라 변호사가 왔으니 죽은 건 아니겠고……."

잔뜩 긴장한 김성식은 걱정이 많아 보였다.

"사진으로 찾았습니다."

"사진?"

"네, 배경이 있는 곳으로 가서 주변을 탐문해서요."

"혹시…… 그 사진, 내가 볼 수 있겠나?"

"여기 있습니다."

노형진은 품 안에서 이제는 노란색으로 바래 가는 사진을 꺼내서 그에게 건넸다. 김성식은 그걸 받아 들고 한참 바라보더니 갑자기 눈물을 펑펑 흘리기 시작했다.

"크흐흑흑흑……."

눈물을 멈추지 못하는 그를 보던 노형진은 조용히 안에서 나왔다. 그러고는 문을 닫았다.

"당분간은 그냥 두세요. 감정을 정리할 시간이 필요하실 테니까."

하지만 아주 오랫동안 그의 사무실에서는 울음소리가 멈추지 않았다.

⚖️

"내 동생이지만 내 은인이야."

원래 그 납치의 대상은 동생이 아니라 자신이었다고 한다. 그때는 멀쩡한 사람들을 납치해서 여기저기 팔아먹을 정도로 치안이 좋지 않은 시대였으니까. 납치범들은 건장했던 김성

이것이 법이다

식을 노리고 납치를 시도했는데 그걸 본 동생이 납치범들을 물어뜯으면서 방해했단다. 그 덕분에 그는 그들의 손아귀에서 벗어났지만 다른 사람들이 비명 소리를 듣고 달려오자 녀석들이 자신을 포기하고 저항하던 동생을 끌고 가 버렸다는 것이다.

"난 그 애를 찾기 위해서 검사가 된 거네."

아버지는 동생을 찾다가 화병으로 쓰러져서 돌아가셨다. 그는 동생을 찾기 위해서 검사가 되기로 했다. 그 당시 그런 짓을 하는 사람은 대부분 조폭이었으니 조폭들에게 접근하기 위해서는 검사가 되어야 했다. 그리고 검사가 되고 난 후 조폭과의 전쟁을 선포한 정부 시책에 맞춰서 조폭을 깡그리 잡아들였다. 개인적인 복수였지만 그 엄청난 실적 덕분에 그는 승승장구하게 된 것이다.

"하지만 동생은 결국 찾지 못했지."

인신매매를 하던 수많은 조폭들을 잡았지만 동생은 찾지 못했다.

"그런데 자네는 어떻게 찾은 건가?"

"사실은……."

노형진은 기억을 읽었다는 부분은 빼고 우연히 만났으며 경찰의 행동이 수상쩍어서 끼어들었다는 사실을 말했다. 그러자 그 소리를 들은 그가 이를 빠드득 갈았다.

"개새끼들. 그럼 동생은?"

"새론에서 파견된 변호사가 보호 중입니다."

"새론?"

"네, 전 혼자 일하지만 그쪽에 인맥이 있어서요."

"내가 은혜를 입었군."

그는 당장이라도 가려고 하는 눈치였기에 노형진은 자리에서 일어났다. 그 순간 노형진의 전화벨이 마구 울렸다.

"무 변호사님?"

"노 변호사님, 큰일 났습니다."

"무슨 일이 생겼습니까?"

"이 새끼들이 구인장을 들고 왔습니다."

"구인장을요?"

"네."

구인장은 사람을 강제로 데려올 수 있는 일종의 법원 명령이다. 구속영장과 다른 점은 구속영장은 범인을 체포하여 구금하는 것인 반면, 구인장은 조사 대상이라면 누구든지 강제로 데리고 갈 때 쓰이는 것이라는 점이다.

"담당 변호사가 아니니 상관없다는데요?"

"담당 변호사가 아니라니요? 무슨 소리입니까?"

"그게, 보호자라는 인간이 나타났습니다."

"보호자가 나타났다구요?"

그 말을 하고는 노형진은 김성식의 눈치를 살폈다. 아니나 다를까, 그의 얼굴이 붉으락푸르락해지기 시작했던 것이다.

저쪽에서는 보호자라고 말하지만 엄밀하게 말하면 최소 감금범, 혹은 납치범이다.

"당장 내려가겠습니다. 무조건 버텨요."

"네? 하지만 법원 명령서인데요?"

"그럼 경찰서로 가든 법원로 가든 무조건 따라가세요. 진짜 가족을 찾았습니다."

"아! 알겠습니다. 그럼 절대 안 떨어지고 따라가겠습니다."

"부탁드립니다."

노형진이 전화를 끊고 가자고 하려고 보니, 김성식이 벌써 내선용 전화기를 들고 소리를 지르고 있었다.

"당장 내근 중인 검사들더러 몽땅 들어오라고 해! 죽기 싫으면 3분 안에 다 내 방으로 오라고 말이야!"

그걸 보면서 노형진은 슬쩍 뒤로 물러났다.

'흐미…… 이런 거 진짜 싫더라.'

⚖️

오밤중의 고속도로를 달리는 차들. 시커먼 차들이 한 대도 아닌 수십 대나 줄을 서서 나란히 달리는 것은 장관이 아닐 수 없었다. 그러나 그 안에 있는 사람들은 죽을 맛이었다.

'나는 왜…….'

김성식과 함께 있던 노형진은 괜히 자신에게 불똥이 튄 기분이었다. 다른 사람도 아니고 중앙수사본부 부장이 불러들였으니 검사들이 헐레벌떡 들어왔는데, 그런 그들에게 김성식은 아직까지도 일을 제대로 못 해서 인신매매가 판을 치는 데다가 그것만으로도 부족해서 경찰에 판사까지 연루된 것이냐며 엄청난 분노를 뿜어냈기 때문이다.

상황을 이해하지 못하던 검사들은 찍소리도 못 하면서 혼나다가 구석에 찌그러져 있던 노형진에게 설명해 달라는 눈빛을 보냈지만 노형진도 말할 상황이 아니었다. 결국 노형진이 한시라도 빨리 내려가야 한다며 말을 끊고 나서야 그들은 나올 수 있었는데, 그때 과거에 잃어버린 동생을 찾았는데 판사가 구인장을 발부해서 다시 데려가려고 한다는 사실을 비서에게 듣고는 자신도 모르게 누군가의 명복을 빌었다.

분노를 견디지 못한 김성식은 결국 검사들을 이끌고 우르르 내려갔다.

"파출소입니다. 네, 경찰이 저보고 가라고는 하는데 버티고 있습니다."

"조금만 기다리세요. 거의 다 와 갑니다."

노형진은 전화를 끊었다. 그러고는 옆자리에 있는 김성식을 바라보았다.

"괜찮으십니까?"

"괜찮지는 못하군."

무려 20년이다. 20년이나 찾지 못한 동생이 노예로 살고 있었다는데 괜찮을 리가 없다.

'이것도 역사가 바뀐 것이겠지?'

자신의 기억이 맞는다면 이때쯤 가족들이 놀러간 기억은 없다. 그렇다면 그 남자는 아마도 그 경찰들에게 끌려가서 다시 주인이라는 작자에게 돌려보내졌을 테고 아마도 부려 먹히다가 백골이 되었을 가능성이 높다.

"저기 보입니다."

졸지에 운전수가 되어 버린 수사관의 말. 수십 대의 차들이 파출소로 들이닥치자, 주변에 그 안에서 무태식과 실랑이를 벌이던 경찰들이 깜짝 놀라서 뛰어나왔다.

"뭡니까?"

"당신들, 누구야!"

일단 소리부터 지르는 경찰들. 하지만 이번에는 상대가 좋지 않았다.

"대검찰청 중앙수사본부다."

"뭐?"

검사 한 명이 신분증을 내밀면서 경찰을 밀자 경찰은 자신도 모르게 침을 꿀꺽 삼켰다. 아무리 시골의 경찰이라지만 검찰의 지휘 구조를 모를 리가 없기 때문이다.

"여기 김성민 있지?"

"그런 사람 없습니다."

"저희는 그런 사람 모릅니다."

딱 잡아떼는 경찰들. 하긴, 모를 수도 있었다. 이름이 바뀔 수도 있으니까. 하지만 절대로 바뀔 수 없는 것이 하나 있었다.

"서…… 성민아?"

문을 열고 들어간 김성식은 등을 돌리고 앉아 있는 남자를 보고 떨리는 목소리로 불렀다. 그 순간 고개를 돌리는 남자. 그곳에는 자신보다 훨씬 늙어 버린 동생이 있었다.

사실 동생인지 확실치 않았다.

하얀색으로 변해 버린 머리카락. 고생으로 빼빼 마른 몸. 햇빛에 타서 시커먼 피부. 제대로 치료받지 못해 대부분 빠져 버린 이빨.

너무나 변해 버린 모습에 알아볼 수가 없었다. 하지만 그다음 순간 그는 무너졌다.

"성식이 형이다. 형……. 헤헤헤."

20년이 지났음에도 불구하고 자신을 알아보는 동생의 목소리에 김성식은 그대로 무너졌다.

"성민아! 어어엉!"

김성민을 붙잡고 우는 김성식을 보고 새파랗게 질린 경찰의 어깨를 두들기면서 노형진은 그의 귓가에 작게 속삭였다.

"님은 이제 좆 된 거예요."

몽땅 쓸어버려

　이 사건은 언론에서 대서특필되었다.

　현직 중수부장의 동생이 납치되었다가 수십 년 만에 나타났다. 그동안 노예로 살아 비참한 모습이 된 채로 말이다. 그런데 그 납치가 체계적이어서 주인이라는 작자들은 그들을 장애인으로 등록시켜 정부에서 나오는 돈을 착복했고, 지역 공무원들은 뇌물을 받고 가짜 신분증을 만들어 줬다. 그리고 경찰은 해당 지역에 있는 노예, 아니 납치 피해자들이 도망가지 못하도록 잡아 다시 주인이라는 작자들에게 넘겨주었으며, 거기에는 판사들까지 연루되어 있었다. 당연히 한 지역의 공무 체계가 발칵 뒤집혔고 언론에서는 성토가 이어졌다. 하지만 실제로는 언론이 문제가 아니었다.

"피바람이 부는구나."

병원에서 김성민의 종합검진 결과, 그동안의 폭행과 고생으로 인해서 기대 수명이 길어야 10년밖에 안 될 거라는 말을 듣는 바람에 김성식이 말 그대로 폭발해 버렸던 것이다. 자신을 대신해서 납치된 동생을 간신히 찾았는데 길어야 10년이라는 말은 그의 뚜껑을 열리게 하기에 충분했다.

"으하하하, 형진이 너는 우리 새론의 복덩어리야, 복덩어리."

송정한은 기쁜 듯이 노형진의 두 어깨를 두들겼다. 그도 그럴 것이, 제대로 뚜껑 열린 김성식이 대통령까지 면담하고 며칠 뒤. 정부에서 노예로 잡혀 있는 사람들에 대한 대대적인 단속을 시작한 것이다. 말 그대로 사방에 피바람이 불기 시작했다. 그런데 본의 아니게 노형진과 새론이 이득을 본 것은 손해배상에서였다. 검사들에게 무슨 말이 있었던 건지, 아니면 검사들이 소식을 들은 건지 알 수 없었지만 검사들이 그렇게 발견된 사건과 관련된 피해자 가족들에게 노형진과 새론을 소개시켜 준 것이다. 안 그래도 울분에 날뛰던 가족들은 전문 변호사라는 말에 더 볼 것도 없이 그들에게 맡기기로 한 것이다.

"그런데…… 웃을 일이 아니네요."

사무실, 아니 한때는 회의실이었던 공간을 가득 메우고 있는 사건 기록을 보면서 노형진이 씁쓸하게 웃었다.

"그건 그렇군……. 내 생각이 짧았네."

"아닙니다. 뭐…… 그럴 수도 있죠."

사무실에 가득한 서류들 이 모든 것이 그 손해배상에 관련된 일이었다. 100건. 문제는 이게 한 도시에서 나온 수라는 것이다.

'망할……. 도대체 얼마나 나오는 거야?'

하나의 도시에서 나온 게 이 정도라면 전국적으로는 얼마나 많은 사람들이 잡혀 있는 거란 말인가? 역사에 없었던 일로 피해자들을 구하게 된 것은 좋은 일이지만, 이 시대가 이렇게 썩었다는 사실을 알게 된 것은 기분 좋은 일이 아니었다.

"그나저나 자네, 결심한 건가?"

"네."

지난번 사건 이후 노형진은 고민하다가 소속을 새론으로 옮기기로 결정했다. 아무리 자신이 노력한다고 해도 혼자서 하는 것에는 한계가 있다. 더군다나 정보력이 뛰어난 사람을 고용하는 건 너무 비싸다.

'그래…… 이곳에서부터 시작하자.'

자신의 방법을 이곳에 전수시켜서 제대로 된 변호사를 만드는 것. 그것이 노형진의 목표였다.

"우리야 생큐지."

송정한은 그런 노형진에게 무척이나 좋은 조건을 달아 줬다. 그가 쓰게 될 정보 라인의 운영비는 자신들이 내며 노형진이 따로 뽑을 사람의 인건비도 자신들이 낸다. 그 대신 노형진은 총수입료의 10%를 내는 것이다. 얼핏 보면 극단적으로 노형진에게 유리해 보이지만 어차피 노형진의 방식을 배운 민시아와 무태식이 정보 라인을 요구하는 상황이었고, 노형진이 처리하는 사건의 양을 보면 전담 비서를 한 명이 아니라 두 명이라도 뽑아야 할 정도였다. 쉽게 말해서 노형진에게 받는 건 그냥 사무실 사용료 수준인 것이다.

"그럼 첫 번째 사건을 부탁해도 되겠나?"

"뭡니까?"

기본적으로 로펌은 모든 변호사들이 평등하다. 물론 실상은 아니지만 어찌 되었건 규정은 그렇다.

"김성민 사건을 담당해 주게."

"김성민 사건을요?"

"그래, 자네도 알지?"

"알죠."

김성식은 모든 방법을 총동원해서 복수를 외치고 있었고 검찰은 그의 수족이 되어서 노예로 데리고 있던 사람뿐만 아니라 관련된 공무원과 경찰, 심지어 판사까지 털어 내고 있었다. 원래 판사는 손대지 않지만 워낙 병신 같은 짓을 한 데다가 김성식의 분노가 커서 같은 판사들조차 병신 같은 놈이라고 혀를 끌끌 찰 뿐, 해당 지역 판사의 도움 요청을 매몰차게 끊어 버렸다.

"그쪽에서는 처절한 복수를 원하네. 형사뿐만 아니라 민사 쪽으로도 말이야. 뭐, 이런 상황에서는 판사가 절대적으로 우리 편이기는 하겠지만."

"적용 법률이 문제군요."

"그렇지."

판사가 편들어 주기는 하겠지만 그건 어디까지나 이쪽에서 청구하는 것을 인정해 주는 것뿐이다.

"그리고 자네가 개시하게 되면 다른 사건들 역시 같은 패턴을 따르게 될 거야."

"100건인가요?"

자신의 방식을 따라서 사건이 진행되게 될 100건의 사건.

"더 될 걸세. 이야기를 들어 보니 아직도 전국에서 나오는 상황이라고 하더군."

"전국에서 나오는 상황?"

"빼돌릴 테니까."

수사가 시작되었으니 분명 납치 피해자들을 노예로 데리고 있던 사람들은 그들을 빼돌릴 것이다. 그리고 해당 지역의 경찰들이나 공무원들 역시 잘못이 있으니 도와줄 것이다. 하지만 김성식이 말 그대로 이 잡듯이 뒤지고 있고 대통령까지 개별 보고를 받고 있는 상황이니 도피하는 것은 힘들 것이다.

"새로 대통령에 되신 분까지 관심을 가진 상황이네."

"차라리 절 죽이세요."

부담스러워 죽겠는데 더 부담을 주는 송정한이었다.

"어쩔 수 없지 않은가?"

원래 새로 대통령이 되면 치적을 확실하게 보여야 좋기 마련이다. 그런데 마침 납치와 감금 그리고 인신매매와 노예라는 극악한 범죄가 걸렸으니 이참에 아예 뿌리를 뽑으려는 모양이었다.

"자네만 믿네."

"아오⋯⋯."

노형진은 왠지 한숨만 나왔다.

⚖️

'이런 경우는 참 드물다, 진짜.'

원래 재판이란 죄다 적이라고 생각하는 게 노형진이었다. 의뢰인은 사건에 대해 거짓말하고 상대방은 사건을 부정하며 상대방 변호사는 아는 척만 하고 판사는 대가리에 돌만 찬 유치원생이라 하나부터 열까지 설명해 줘야 한다는 것이 노형진이 가진 재판에 대한 자세다.

물론 진짜 그렇다는 게 아니라 하나부터 열까지 논리로 상대방을 꺾어야 하기 때문에 이렇게 생각하는 것뿐이다. 그런데 이번만큼은 사건 자체가 무척이나 그에게 우호적인 상황이었다.

"개정합니다."

사건이 시작되자 노형진은 자리에서 일어났다.

"친애하는 재판장님, 이번 사건은 그동안의 납치와 감금, 갈취에 대한 손해배상을 청구하는 재판입니다. 피고 측은 20년 전 원고 김성민이 납치되자 이를 고용이라는 명목으로 구입하여 지난 20년간 노예로 이용하였습니다. 피고는 원고의 인간으로서의 인격적 부분을 철저하게 무시하고 파괴하였으며 그 과정에서 생존에 필요한 최소한의 요건도 갖춰 주지 않았습니다. 21세기에 들어온 지금, 이러한 야만적인 행동은 나라 전체를 수치스럽게 만들 뿐만 아니라 국가의 이름을 훼손하는 행동입니다. 원고는 피고의 범죄행위로 인하여 극도의 고통을 받았으니 피고는 응당 그 행위에 대한 배상을 해야 한다고 생각합니다."

노형진이 개전하자 상대방 변호사가 입을 열었다.

"피고는 납치 같은 것에 대해서는 전혀 알지 못하였으며 장애를 가진 원고가 불쌍하여 가족과 같은 마음으로 돌봐 준 것에 지나지 않습니다. 임금 문제 역시 임금을 지급하지 않은 것이 아니라 피고의 정신적 능력의 부족으로 인하여 헛되이 사용하거나 사기를 당하지 않을까 걱정되어 보관한 것뿐입니다. 이는 피고가 임금 자체를 공탁한 점에서 드러납니다. 피고는 이번 사건에 무척이나 억울해하고 있습니다. 정성을 다하여 먹여 주고 재워 주었음에도 불구하고 노예처럼 취급했다는 것은 잘못된 주장입니다."

'어이구, 그러셔?'

그 말을 들은 노형진은 어이가 없었다. 물론 변호사로서 범죄자를 보호해야 하는 순간이 있다. 자신도 그런 경우가 많았다. 하지만 범죄자를 보호하는 것과 그 범죄를 합리화하는 것은 전혀 다르다.

"피고는 원고의 임금을 정상적으로 적립하고 있었으며 이를 증명하기 위해서 통장 사본을 을제 1호증으로 제출했습니다. 증거를 보시면 보시다시피 피고는 꼬박꼬박 해당 월의 임금을 매달 15일경 입금한 것으로 되어 있습니다. 즉, 피고는 그를 노예로 생각하지 않았다는 것입니다. 만일 노예로 생각했다면 이런 식으로 누가 임금을 꼬박꼬박 적립했겠습니까?"

그 말에 고개를 끄덕거리는 사람들. 일견 맞는 말처럼 보인다. 꼬박꼬박 임금이 지급되고 있으니 말이다. 하지만 노형진은 그게 뭔 뜻인지 알고 있었다.

'걸릴 때를 대비한다는 거지.'

자기 합리화를 위한 일종의 방어막인 셈이다.

"아무래도 이 부분은 확실하게 걸고 넘어가야 할 듯합니다. 피고 김용문을 증인으로 신청합니다."

"인정합니다. 피고, 증인석으로 나오세요."

그 말에 물끄러미 변호사를 바라보던 김용문은 어쩔 수 없다는 듯 증인석으로 나왔다.

"피고는 을제 1호증에 따르면 원고의 임금을 입금했다고 주장했습니다. 맞습니까?"

"네."

"그런데 왜 원고 명의의, 아니 원고에게 부여된 가짜 명의의 통장에 입금했습니까? 원고의 이름은 김성민이지, 조만팔이 아닙니다만?"

"따로 입금했다는 게 중요하지, 이름이 중요한 건 아니지 않습니까?"

"아니요, 중요합니다. 원고의 명의는 조만팔이 아니라 김성민이라는 것입니다. 왜 그 이름으로 입금했습니까?"

"그거야…… 이름을 모르니까……."

"그럼 조만팔이라는 이름은 어디서 나온 겁니까?"

"고용할 때 소개시켜 주신 분들이 알려 주신 겁니다."

"그러니까 피고는 무려 5년간이나 이름도 모르는 사람을 고용했다는 거네요?"

"그…… 그게……."

증인으로 나온 피고는 당황해서 말을 더듬었다. 맞는 말이기 때문이다. 문제는 세상 어디에도 그런 사람은 없다는 것.

"그 전에는 제가 고용한 게 아닙니다."

"아, 그 전에는 다른 곳에 있었다?"

"그렇습니다."

"즉, 증인은 처음 보자마자 그를 장애인인 그를 고용하고 임금을 지급하기 시작했다?"

"그렇습니다."

"근데 왜 첫 입금액이 이렇게 많습니까?"

"네?"

"첫 입금액이 말입니다. 첫 월급이니 그다지 많을 것 같지는 않은데 말입니다. 첫 월급액이 1천만 원을 넘습니다."

"그…… 그게 가불입니다."

"가불?"

"그렇습니다."

그 말에 노형진은 피식 웃었다. 가불이라니, 다급하기는 했던 모양이다.

"가불이 뭡니까?"

"네?"

"가불의 뜻이 뭐냐고요?"

"그게……."

"급전이 필요해서 노동력을 담보로 월급의 일부를 미리 받는 게 가불이죠?"

"네!"

"근데 그다음 달에도, 다다음 달에도, 그 다다음 달에도 정상적으로 입금하셨네요? 그리고 가불이라고 말씀하셨는데 지금 원고의 상태가 가불이라는 단어를 인지할 수 있다고 생각하십니까? 아니, 안다고 치더라도 기록에 따르면 그 가불한 금액에 손도 대지 않았는데 왜 가불합니까?"

"……."

"더군다나 그 가불액이라는 게 참 특이한 게, 그 당시 최저임금을 여덟 시간 근무를 기준으로 하여 주 6일 근무로 계산하면 딱 맞아떨어집니다."

"……."

피고는 당황해서 변호사를 바라봤지만 증인석에 있는 이상에는 변호사도 그에게 어떠한 어드바이스도 해 줄 수가 없었다.

"왜 준 겁니까?"

"그냥 불쌍해서……."

시선을 돌리면서 중얼거리는 피고. 노형진은 피식 웃었다.

"불쌍하다라……."

"네, 불쌍해서 준 겁니다."

'이게 무슨 실미도냐?'

그 말에 노형진은 한마디로 딱 선을 그었다.

"비겁한 변명입니다."

"네?"

"일반적으로 염전 근로자의 월급은 대략 150만 원 선. 고된 노동 강도와 구하기 힘든 여건, 상대적으로 많은 수익 덕분에 그런 고임금이 가능하죠."

"그거야……."

"재판장님, 여기 해당 직종의 평균임금 표를 증거로 제출합니다. 그런데 말입니다. 피고가 원고의 월급이라고 입금한 돈은 정확하게 56만 7천 원. 하루 평균 여덟 시간으로 계산한 최저임금입니다. 불쌍하다? 그러면서 월급을 절반도 아니고 3분의 1을 지급한 겁니까?"

"먹여 주고 재워 주니까……."

"그러니까 숙식을 제공하는 것은 피고의 책임이다?"

"그렇습니다."

노형진은 미소를 떠올렸다. 변명을 하는 데에 급급한 나머지 함정에 빠진 것이다.

"피고는 숙식 제공이 피고의 책임이라고 했습니다. 즉, 노동계약에 있어서 단순히 월급뿐만 아니라 체류비와 식비를 피고 측이 부담하는 근로계약이었다는 겁니다. 그렇지요?"

"그…… 그렇습니다!"

"갑제 3호증을 봐 주시기 바랍니다. 피고에게 제공되었다고 하는 숙식의 현장입니다. 소금 창고 한 귀퉁이에 설치된 공간으로 대략 2.5평에 전기도 안 들어오고 수도 시설도 없으며 화장실도 창문도 없습니다."

"헉!"

설마 그 사진을 찍어 올 거라 생각하지 못한 피고는 당황한 얼굴이 되었지만 노형진은 그걸 무시했다.

'설마 이렇게까지 하지는 않을 것이라 생각했지.'

이때쯤 사건은 이렇게 치밀하게 하지 않는다. 그냥 대충 서류로 해서 넘기고 만다. 사진을 찍어서 현상한 다음, 그걸

이것이 법이다

다시 첨부해야 해서 귀찮기 때문이다. 게다가 돈도 따로 지급해야 하니 경찰은 대부분 서류 작업만 했다. 하지만 노형진은 보이는 만큼 증거가 된다고 생각했기 때문에 자비를 들여서 사진을 찍어 온 것이다.

"원고는 이곳에서 숙식을 해결했다고 했습니다. 그런데 이것의 어느 부분이 숙식이 해결되는 장소로 보입니까? 그리고 갑제 4호증을 봐 주시기 바랍니다. 피고가 제공했다고 주장하는 식사의 정체입니다."

오래되어 찌그러진 양은 냄비, 그 안에 담겨 있는 음식들. 그건 제대로 된 음식이 아니었다. 누가 봐도 남은 음식 쓰레기였다.

"원고는 이런 음식들을 제공받았다는데 그럼 피고는 계약서에 따른 숙식 제공을 제대로 하지 않은 거네요?"

"그게……."

"재판장님, 청구액을 변경토록 하겠습니다. 피고는 원고의 임금뿐만 아니라 피고 스스로 책임지고 있다고 주장하는 숙식에 필요한 금액도 착복하였기에 해당 금액을 추가로 청구하고자 합니다."

"인정합니다. 다음 재판 전까지 청구액을 변경하십시오."

그 말에 원고 측 변호사는 입을 떡 벌렸다.

'훗, 이건 몰랐을 거다.'

보통 사람들은 이런 재판을 할 때 월급에만 신경 쓰지, 숙식에 대해서는 전혀 이야기하지 않는다. 하지만 따로 계산하기로 한 경우, 명백하게 업주가 부담해야 하는 돈인데 제대로 이행되지 않았다면 그만큼 지급해야 한다. 하지만 대부분의 변호사들은 그저 월급만 받으면 끝이라고 생각한다.

"하지만……."

"증인, 전 지금 증인한테 질문하지 않았습니다만. 뭐, 할 말이라도 있습니까?"

"아…… 아닙니다."

일반적으로 이 시대에 방값과 세 끼 식비를 포함하면 한 달에 못해도 30만 원은 나올 것이다. 한 달에 50만 원 정도의 돈만 줬는데 순식간에 1.8배로 비용이 늘어난 것이다.

"그리고 증인은 고용 관계가 있다고 했죠?"

"그…… 그렇습니다."

납치, 감금보다는 돈을 얼마 주고 끝내기 위해 눈물을 머금고 고개를 끄덕거리는 피고.

"그럼 의료보험료를 비롯한 세금 같은 것은 잘 납부하셨습니까?"

"네?"

"아니, 당연한 거 아닙니까? 고용 관계가 있어 원천징수로 제외하고 지급하려 했다면 당연히 피고가 그걸 내야 하는 거 아닙니까?"

"그…… 그게……."

피고는 사색이 되었다.

"안 내셨어요? 이런, 20년 치 세금을 안 내셨다? 재판장님, 피고를 탈세 혐의로 고발하고자 합니다."

그 말에 피식 웃는 재판장.

"그건 국세청에 신고하세요."

"압니다. 다만, 피고의 범죄행위를 판단할 때 감안하여 주시기 바랍니다."

"알겠습니다."

그 말에 피고는 죽을 것 같은 표정을 짓고 있었다.

⚖

"아주 영혼까지 털어 버리셨더만."

"하하하."

송정한은 재판을 보고 혀를 내둘렀다. 자신도 그냥 월급과 손해배상을 받고 끝내는 걸까 하고 생각했다. 하지만 노형진은 월급뿐만 아니라 숙식비와 야간근로 수당 및 보너스와 명절 전후에 지급되는 선물 그리고 세금과 심지어 근로 작업복 지급까지 하나하나 따지고 들었다. 그 결과…….

"순식간에 배상액이 세 배가 넘네."

새론의 변호사들은 단순히 월급만으로 계산해서 청구했는데, 노형진이 끼는 순간 법적으로 인정된 청구 금액이 세 배를 넘어가 버렸다.

"확실하게 털어 달라면서요?"

"그럼. 확실하게 털어야지."

안 그래도 전 국민이 보고 있는 사건이다. 현직 정권의 실세라 할 수 있는 사람의 동생이 노예로 잡혀 있었다는 건 엄청나게 큰 충격이었다.

"뭐, 워낙 확실하게 해 놔서 인정받는 건 어려운 일이 아닐 테고."

피고 측 변호사조차도 저게 무슨 질문인지 이해하지 못한 상태로 있다가 눈앞에 닥치면 함정이라는 걸 알고 발을 동동 구르곤 했다. 하지만 그들이 할 수 있는 건 없었다.

"임금이야 둘째 치고 손해배상이 문제야."

"그렇지요."

오늘은 그저 전초전에 불과하다. 오늘 이야기한 것은 일반적인 고용에 관련된 배상 문제이기 때문이다. 즉, 정식으로 고용되었다면 지급되어야 하는 금액에 대한 문제다. 하지만 이번 사건의 주요 쟁점은 납치와 감금이다.

"납치와 감금을 증명해야 하는데 말이야."

납치와 감금이 인정되면 배상액이 몇 배로 뛴다. 그리고 현재 검찰 쪽에서도 납치와 감금 건으로 수사하고 있는데 이쪽에서 인정되지 않으면 그쪽의 수사도 타격을 받게 된다.

"자신 있지?"

"최선을 다해야지요."

노형진은 탁자를 톡톡 두들기면서 말했다.

"어차피 이 싸움은 이길 수밖에 없으니까요. 문제는 얼마나 거창하게 이기느냐겠죠. 아니, '얼마나 화려하게'라고 해야 할까요."

언론에서도, 정부에서도 관심 있게 보고 있다. 그런데도 불구하고 그저 그런 재판을 한다면 기대에 미치지 못할 것이다. 대중이 요구하는 것은 화려하고 극단적이며 자극적인 재판일 테니.

'언론 플레이를 하는 것도 중요하단 말이지.'

이번 사건으로 새론은 전국적으로 이름을 날릴 테고 한 차원 더 발전하는 기회가 될 것이다. 그렇게 된다면 그곳에 소속되기로 한 자신도 더욱 발전된 기회를 가지게 될 것이다.

'그럼 더 많은 사람들에게 더 많은 기회를 줄 수 있다.'

노형진이 추구하는 것은 돈 때문에 차별받는 게 아닌 공평한 재판.

"기대하셔도 좋습니다. 이번 재판에서 화려한 쇼를 보여드리지요."

⚖️

"개정합니다."

두 번째 재판이 시작되었다. 오늘은 지난번보다 더 많은 사람들이 몰려왔다. 아예 방송국에서 중계차까지 대기시켜 놓고 있었다. 지난번은 단순히 임금 지급의 문제에 대해 다뤘다면 오늘은 납치와 감금 등 중요 범죄에 관련된 배상의 문제에 대해 다룰 예정이기 때문이다.

"피고는 원고가 정상적인 삶을 살 수 없다는 사실을 알고 이를 불쌍하게 여겨서 고용해 준 것일 뿐, 납치 및 감금 그리고 인신매매와 관련되어 있다는 것은 알지 못했습니다."

피고 측 변호인이 방어를 시작하자 노형진은 조용히 그걸 듣기만 했다. 기자들 또한 그가 얼마나 화려하게 그리고 극적으로 이길 것인지가 관건이었기 때문에 그걸 다 듣고 있었다.

'쯧쯧…… 나쁜 변호사는 아닌데.'

보아하니 피고 측 변호사의 실력이 부족한 건 아니었다. 그리고 이런 질 게 뻔한 사건을 담당하고도 최선을 다하는 걸 보니 변호사로서의 소임에 대해서도 잘 아는 것 같았다.

'하지만 미숙해.'

문제는 언론 플레이에 익숙하지 않다는 것. 이번 쇼에서 악역을 하게 되었다면 적당하게 언론 플레이를 하는 것도 중요한데 그런 게 전혀 없었다.

'송 변호사님한테 한번 접촉하라고 해 볼까?'

다듬어지지 않은 보석이니 그래도 될 것 같았다. 안 그래도 이번 일을 기회로 대대적으로 로펌을 확장시킬 거라는 이야기를 하고 있으니 말이다.

'젠장…… 또 무슨 짓을 하려고…….'

하지만 피고 측 변호사는 조용하게 자신을 노려보는 노형진을 보면서 등골이 오싹해지는 기분이었다. 지난번에도 이루 말할 수 없을 만큼 참패를 당했다. 여기서 질 거라는 건 알고 있었으나, 모든 사람은 변호받을 권리가 있다는 생각에 맡았다. 하지만 졸지에 배상액이 세 배로 뛰어 버릴 거라고는 생각도 못 했다.

'분쇄기라니…… 농담이 아니잖아.'

요즘 노형진에게 붙은 별명이 분쇄기였는데, 재판정에 들어서는 순간 상대방을 갈가리 찢어 버리는 뜻이라고 했다. 처음에는 그저 웃고 말았는데, 맞닥뜨리고 보니 이건 말 한마디 한 마디에 등골이 오싹해지는 기분이었다.

"원고 측, 하실 말씀 있습니까?"

드디어 차례가 노형진에게 넘어오자 노형진은 천천히 자리에서 일어났다.

"대한민국 헌법 제14조, 모든 국민은 거주 이전의 자유를 가진다."

뜬금없는 말에 사람들의 시선이 그에게 향했다.

"사람의 기본 권리는 헌법에서 인정하고 있습니다. 그리고 헌법은 다른 것보다 우선하며 무엇보다도 지켜야 하는 사항입니다. 하지만 원고는 피고에 의해 기본권을 침해당했습니다."

"피고는 원고를 그저 보호의 차원에서 고용한 것뿐입니다."

"말로는 그렇지요. 하지만 갑제 3호증을 봐 주시기 바랍니다. 지난번에도 보셨다시피 이곳이 원고의 숙소였습니다."

"적절치 않은 숙소에 그를 대기시킨 것은 인정합니다만⋯⋯."

피고 측 변호사가 말을 끊었지만 노형진은 대답하는 대신에 사진을 꺼내 들었다.

"정확하게 보이지 않으시는 분들을 위하여 해당 부분을 추가로 사용한 사진을 갑제 12호로 제출하는 바입니다."

노형진은 사진을 재판장에게 제출하고는 궁금해하는 사람들에게도 그걸 보여 줬다.

"그건?"

"네, 출입구의 손잡이를 찍은 것입니다. 그런데 재미있는 사실은 손잡이가 거꾸로 되어 있다는 것입니다."

어디서나 흔하게 볼 수 있는 문손잡이다. 그런데 문손잡이는 누가 봐도 거꾸로 달려 있었다.

"안쪽에서 잠그고 바깥쪽에서는 열지 못하는 형태가 아닌, 바깥쪽에서 잠글 수 있는 형태로 되어 있습니다."

"헉!"

생각지도 못한 증거에 피고는 입을 쩍 벌렸다. 설마 그런 작은 부분을 봤을 줄이야.

'안 갔으면 못 봤겠지.'

손잡이라는 게 대부분 비슷하게 생겼다. 그러니 전체 사진만 봤다면 아마도 몰랐을 것이다. 하지만 노형진은 그곳에 가서 일일이 확인한 끝에 그게 거꾸로 달려 있다는 사실을 알 수 있었다.

"즉, 원고는 누군가에게 강제로 그곳에 갇혀 있었다는 뜻입니다."

"그건…… 고장 나서 안 쓰는 문입니다. 잠기지도 않아요!"

다급한 마음에 변호사를 무시하고 일어나서 소리를 버럭 지르는 피고.

"잠기지 않는다고요? 잠시 이 동영상을 봐 주시기 바랍니다."

한 남자가 안으로 들어간다. 그 뒤 노형진은 바깥에서 문을 잠갔다. 그러자 안에서 덜그럭 소리가 나더니 곧 당혹스러운 목소리가 들렸다.

-이거 안 열리는데요?

안에 들어간 사람은 무태식 변호사였다. 그는 사력을 다해 부딪쳤지만 문은 꼼짝도 하지 않았다.

"보다시피 저 문은 열리지 않습니다. 고장 나지 않았다는 뜻이지요."

"으으으."

당황하는 피고. 그러나 노형진은 노트북을 끄는 대신 그걸 빠르게 돌렸다. 잠시 후 문이 열리면서 완전히 땀으로 범벅

이 된 무태식 변호사가 안에서 나왔다.

　-어때요?
　-헉헉헉…… 냄새는 둘째 치고…… 인간이 버틸 환경이 아닙니다.

　그는 손에 들려 있던 뭔가를 카메라 앞으로 내밀었다. 39
도라고 표시된 수은온도계였다.
　"이 촬영을 한 시간은 오후 5시입니다. 늦여름이기 때문에
많이 선선해진 날씨임에도 불구하고 저 안의 온도는 무려 39
도였습니다. 즉, 냉난방이 전혀 되지 않는다는 뜻입니다. 상
식적으로 감금한 게 아니라면 어떤 사람이 저런 환경에서 지
내려고 하겠습니까?"
　"으으으."
　피고의 눈동자가 격하게 흔들리기 시작했다.
　"제…… 제가 관리한 게 아닙니다."
　피고는 상황을 모면하기 위해서 말을 꺼냈다.
　"그건 증인의 말을 들어 보면 알겠지요. 곽말숙을 증인으
로 요청합니다."
　"인정합니다."
　"뭐라고!"
　피고는 깜짝 놀랐다. 곽말숙은 자신의 아내이기 때문이다.
　"여보!"

그 순간 들어온 것은 포승줄에 묶여 있는 아내였다. 구속되어 있었기에 아내까지 잡혀 왔다고는 생각하지 못했다.

"증인은 피고의 아내인 곽말숙이 맞습니까?"

"네."

고개를 푹 숙인 여자. 그녀는 한없이 작은 목소리로 대답했다.

"현재 증인 곽말숙은 납치 및 인신매매에 관련된 종범으로서 구속하여 수사 중에 있습니다."

"아니야! 거짓말!"

피고는 발악적으로 소리를 질렀다. 믿을 수가 없었다. 자신이 잡혀 온 건 알고 있었지만 아내도 잡혀 오다니?

"피고의 아내뿐만 아니라 두 명의 아들 역시 종범으로 수사 중입니다."

그 말에 그대로 무너지는 피고.

"이유는 간단합니다. 저 문의 손잡이와 밥그릇에서 그들의 지문이 나왔기 때문입니다. 즉, 저들은 어떤 식으로든 저문과 밥그릇에 접촉했다는 뜻입니다. 증인, 증인은 어떠한경로로 저 문과 밥그릇에 접촉했습니까?"

"시간이 되면 저 사람을 저 안에 넣으려고……."

"그러니까 원고를 저 안에 집어넣는 것이 일상이었다는 건가요?"

"네……."

곽말숙은 모든 걸 포기한 채 그렇게 대답했다. 남편이 잡혀 갈 때만 해도 자신들도 잡혀 갈 거라 생각하지 못했다. 하지만 노형진은 아무도 신경 쓰고 있지 않던 문고리와 더러운 밥그릇에 묻은 지문의 조사를 요청했고, 그 안에서 그들의 지문을 발견한 것이다.

　"왜 거기에 넣었습니까?"

　"……."

　"다시 한 번 묻겠습니다. 왜 거기에 넣었습니까?"

　"……."

　"증인! 대답하세요!"

　"도망갈까 봐요……."

　"그럼 그 생각은 누구의 생각이었습니까?"

　"남편의……."

　"아니야!"

　피고는 일어나서 버럭 소리를 질렀다. 하지만 증언이 나왔으니 부정할 수가 없었다.

　"피고, 재판 중입니다. 앉으세요."

　"아니야! 거짓말이야! 재판장님, 저년은 지금 거짓말을 하고 있습니다!"

　발악적으로 소리를 지르는 남자. 노형진은 그 말에 피식 웃었다. 다급해지니 자기 가족마저 팔아먹으려는 것이다.

　'범죄자들이 다 그렇지, 뭐.'

이것이 법이다

오로지 자신의 이득. 그것만 얻을 수 있다면 가족 같은 건 상관없는 인간들.

"알겠습니다. 전 여기까지 하겠습니다."

"피고 측, 질문 있습니까?"

"그게⋯⋯."

결국 피고 측 변호인은 몇 가지 질문을 던졌지만 결국 최초의 증언을 뒤집지는 못했다.

"두 번째 증인을 신청합니다."

"두 번째 증인?"

"그렇습니다. 저 창고를 지었던 근로자입니다."

"인정합니다."

그 말에 앞으로 나오는 남자. 그는 증인 선서를 하고 자리에 앉았다.

"증인은 직업이 뭡니까?"

"그냥 이런저런 공사를 하면서 살고 있습니다. 수도 공사 같은 일을 하는 작은 건축상을 하고 있습니다."

"그럼 저 소금 창고 옆에 있는 작은 건물은 증인이 지은 것이 맞습니까?"

"그렇습니다."

"누가 지어 달라고 했습니까?"

"피고입니다."

웅성거리는 사람들. 그들은 피고에게 시선이 향했다.

"말도 안 됩니다. 피고가 20년이나 데리고 있었다는데 그럼 저 건물이 20년이나 되었다는 뜻입니까!"

피고 측 변호인은 강하게 항의했지만 증인은 담담하게 대답했다.

"아닙니다. 저 건물은 지은 지 5년밖에 안 되었습니다."

"네?"

"저 건물을 지어 달라고 해서 지어 준 건데, 지은 지 5년밖에 안 되었습니다."

"그럼 그 전에 저 사람을 본 적이 있습니까?"

"전 염전 쪽은 잘 몰라서 본 적이 없습니다."

"그럼 저 건물을 지을 때 이상한 점은 없었습니까?"

"문에 손잡이를 반대로 달아 달라고 하더군요. 솔직히 이해가 가지 않았습니다. 창고로 쓴다는데, 문손잡이를 반대로 달면 누구든 열고 들어갈 수 있는 거 아닙니까?"

"피고가 부탁했나요?"

"그렇습니다."

"재판장님, 해당 공사의 사실을 증명하기 위해서 피고의 증인에게 지급한 카드 내역을 제출하는 바입니다."

"……."

피고는 완전히 혼이 나간 듯한 얼굴이었다. 노형진은 이쯤에서 마지막 쐐기를 박을 생각이었다.

"그럼 마지막 증인을 불러오고자 합니다."

"마지막 증인?"

"그렇습니다. 배만덕을 증인으로 청구합니다."

"배만덕?"

"배만덕이 누구야?"

약간 웅성거리던 사람들. 그리고 잠시 후 안으로 들어오는 배만덕. 그는 고개를 푹 숙인 채로 증인석에 앉았다.

"증인 이름이 배만덕이지요?"

"그렇습니다."

완전히 포기한 듯한 얼굴. 그의 얼굴은 절망으로 가득했다.

"그럼 피고의 직업은 뭡니까?"

"무직입니다."

"현재 무슨 사건으로 수사 중이죠?"

"그게……."

"말씀하십시오."

"납치와 인신매매입니다."

그 말에 웅성거리는 사람들. 설마, 진짜로 납치범이 나타날 줄이야.

"증인 배만덕은 납치와 인신매매로 현재 경찰에 조사 중입니다. 조사에 따르면 배만덕은 20년 전 '쌍라이트파'라는 폭력 조직의 조직원으로 활동하였으며 10년 전 살인으로 구속되어 감옥에 들어가 있었습니다. 맞습니까?"

"맞습니다."

"그럼 증인은 피고와 아는 사이입니까?"

"……."

"대답하십시오."

"아는 사이입니다."

"어떻게 알죠?"

배만덕은 잠시 침묵을 지키다가 입을 열었다. 어차피 이 일은 피할 수 없다. 자신들이 납치했던 사람이 설마 대검찰청 중앙수사본부 부장의 동생이라고 누가 예상이나 했겠는가? 지금쯤 쌍라이트파는 작살나고 있을 테니 누군가의 도움을 기대하는 것은 불가능했다.

"20년 전에 거래했던 사람입니다."

"어떤 거래였죠?"

"사람입니다."

웅성거리는 사람들.

"어떻게 알게 되었습니까?"

"그가 사람을 데려다 달라고 했습니다."

"누구를요?"

"특정하지 않았습니다."

"특정하지 않았다?"

"네, 자신이 부릴 수 있는 사람이라면 누구든 상관없다고 했습니다."

"대가는요?"

"그 당시에 200만 원을 받았습니다."

20년 전의 200만 원이면 거금이다.

"즉, 피고가 배만덕 씨의 조직에 납치를 청부한 것이군요."

"그렇습니다."

"아…… 아니야! 아니야! 거짓말이야! 저건 거짓말이야!"

발악적으로 소리를 지르는 피고.

"피고, 한 번만 더 말하면 재판정 소란으로 구금하겠습니다. 증인, 계속하세요."

판사는 발악적으로 소리 지르는 피고에게 경고하고는 배만덕을 바라보았다.

"그 당시 피고는 인원이 부족하다면서 부려 먹을 사람들을 데려다 달라고 했습니다."

"그래서 얼마나 데려다줬습니까?"

"일곱 명입니다."

"뭐?"

"일곱 명?"

다들 깜짝 놀랐다. 피해자는 원고인 김성민밖에 없었던 것이다. 그런데 일곱 명이라니?

"그럼 나머지 여섯 명은 어찌 되었습니까?"

"……."

"증인, 다시 한 번 묻겠습니다. 여섯 명은 어찌 되었습니까?"

"한 명은…… 도망치다가 잡혀서 피고에게 맞아 죽었습니다. 다른 한 명은 우리에게 손봐 달라고 해서 때렸는데……
죽었습니다. 나머지…… 네 명은…… 모르겠습니다. 10년 전
에 제가 감옥에 가서…….”

그 말에 노형진은 피고를 무서운 눈빛으로 바라봤다.

“피고! 나머지 네 명은 어디에 있습니까?”

“…….”

“대답하세요!”

“크흠, 피고는 묵비권을 행사할 권리가 있습니다, 판사님.”

애써 피고를 방어하려고 하는 피고 측 변호사. 하지만 노
형진은 질문을 들으려고 그를 부른 게 아니다. 그저 극적인
쇼를 위한 도구로 쓰기 위해 부른 것일 뿐이다.

“상관없습니다. 어차피 그들이 어디 있는지 아니까요.”

“안다고?”

노형진은 가방에서 사진 하나를 꺼내 사람들에게 보여 줬다.
그건 땅에 나란하게 묻혀 있는 여섯 구의 시신들의 모습이었다.

“증인인 배만덕의 증언으로 두 구의 시체가 묻혀 있는 야
산을 확인하던 중 나머지 네 구의 시신도 발견했습니다.”

“헉!”

단순한 납치가 아닌 살인. 그것도 6건의 살인이라는 말에
기자들의 눈이 어느 때보다 더욱 커졌다.

“피고는 원고를 비롯한 사람들을 납치를 사주하고 감금했
을 뿐만 아니라 폭행하고 종국에는 직접 살인에 나서는 등

그 범죄를 확실하게 드러내고 있습니다. 더 이상 피고의 범죄행위에 관해 이야기할 이유는 없다고 생각합니다만?"

"······."

고개를 푹 숙이는 피고. 모든 것이 끝났다는 것을 안 것이다.

"이상입니다."

노형진은 안으로 들어오면서 승리의 미소를 지었다.

⚖

"고맙네. 진짜 고마워."

김성식은 노형진의 손을 잡으면서 진심으로 감사했다.

"자네가 아니면······ 이 일은 절대 없었을 거야."

'그렇겠지요.'

이런 일이 터졌다면 아마도 자신이 알아야 했을 것이다. 다른 사람도 아닌 중수부장의 동생이 노예라니. 하지만 몰랐다는 건 원래 역사에서는 중수부장이 그를 찾지 못했다는 뜻이다.

"어머니가 얼마나 좋아하시는지······."

노모는 동생을 안고 몇 시간을 울었단다. 한평생의 한이 풀리는 순간이었기 때문이다.

"그나저나 자네, 진짜 대단하더군. 그냥 검사 하는 게 어떤가?"

"전 검사는 별로······."

다른 사람들은 무시하면서 모르는 척 지나가는 사항을 꼼꼼하게 따진 덕분에 김성식은 원하던 복수를 할 수 있었다. 문고리와 밥그릇을 조사한 덕분에 확실한 감금의 증거를 찾을 수 있을 뿐만 아니라 배만덕을 찾은 덕분에 김성식이 20년이 넘게 찾던 납치의 주범들을 잡을 수 있었던 것이다.

"그나저나 어떻게 안 건가?"

"뭐, 별거 아닙니다. 인간의 심리는 뻔한 거니까요."

노형진은 증거로 제출된 월급 통장을 보고 고개를 갸웃했다. 대충 돈이 맞는데 일부 부족분이 있었던 것이다. 피고 측은 원고가 사용했다고 주장했지만 말도 안 되는 소리인 건 당연한 일.

"그래서 그 통장 내역을 일일이 확인했죠."

20년 치 입출금 내역을 확인한 결과, 10년 전에는 간간이 누군가 사용한 흔적이 나타난 것을 확인할 수 있었다. 노형진은 소개시켜 준 사람이 이름을 알려 줬다는 점에 착안하여 소개자들, 즉 납치범들이 통장 관련 정보를 가지고 있을 것이라 판단하고 그 사용된 곳들을 조사하기 시작했다.

"그러던 중 이름 하나가 나오더군요."

물론 10년 전 매출 전표를 가지고 있는 사람은 없었다. 그러나 한 가지 사실은 알 수 있었다. 그 지역이 쌍라이트파라는 조직의 구역이라는 것 말이다.

"그래서 쌍라이트파 중에 10년 전에 사라진 사람이 있는지 확인했습니다."

돈이 들어오는 통장의 정보를 알고 있으니 그 조직원이 무단으로 사용할 건 뻔한 일이었고, 그 결과 10년 전 감옥으로 가 버린 배만덕을 찾을 수 있었던 것이다. 20년 전부터 활동하고 10년 전 감옥에 갔으며 행동 대장을 했던 인물. 그 정도면 계좌 정보를 가지고 있을 게 뻔했다.

"더군다나 사용처가 대부분 룸살롱 같은 술집이라서요."

결국 노형진은 그걸 가지고 담당 검사들을 찾아갔고 안 그래도 김성식의 분노 때문에 눈이 벌게진 검사들은 그를 불러들여서 윽박질렀다. 결국 그는 사실을 말했고, 그로 인해 쌍라이트파는 전국 검사들의 최대 표적이 되어 갈가리 찢기고 있었다.

"고마워. 진짜로……."

동생을 찾고, 원수를 찾고, 결국에는 그 복수까지 할 수 있었다는 사실에 김성식은 진심으로 고마워했다.

"정 고마우시면 나중에 좀 도와주십시오."

"자네 일이라면 무조건 도와주겠네, 무조건!"

그 말에 송정한 대표의 입이 찢어질 듯 벌어졌다. 대룡에 이어 현직 중수부장이라는 든든한 뒷배경이 생긴 것이다.

"노형진, 자네는 진짜 복덩이라니까! 으하하하!"

송정한은 신나게 웃을 수 있었다.

다음 권으로 이어집니다

200평 초대형 24시 만화방

📖 수원시청점

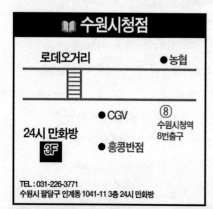

로데오거리
●농협

●CGV
⑧ 수원시청역 8번출구

24시 만화방
3F

●홍콩반점

TEL : 031-226-3771
수원시 팔달구 인계동 1041-11 3층 24시 만화방

수면실 (침대식) — 사우나석

2인석 — 샤워실

세탁기 — 신간100%

📖 의정부점

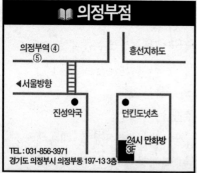

의정부역 ④ ⑤
흥선지하도

◀서울방향

진성약국

던킨도넛츠

24시 만화방
3F

TEL : 031-856-3971
경기도 의정부시 의정부동 197-13 3층

📖 안양점

●안양역
육교

◀관악역
명학역▶

●농협

24시 만화방
2F
안양일번가

TEL : 031-466-3771
경기도 안양시 안양동 674-163 공룡고기건물 2층

📖 주안점

주안 남부역

◀제물포

민병철 어학원
간석동▶

24시 만화방 6F

TEL : 032-426-2871
인천광역시 주안남부역 지하상가 4번 출구 GS25시 건물 6층

📖 안산점

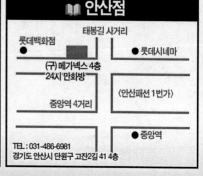

태봉길 사거리

롯데백화점
● ●롯데시네마

(구) 메가넥스 4층
24시 만화방

〈안산패션 1번가〉

중앙역 4거리

●중앙역

TEL : 031-486-6981
경기도 안산시 단원구 고잔2길 41 4층